MUÑEQUITA

LORI BEASLEY BRADLEY

Traducido por
CESAR VALERO

1

E l calor de la primavera tardía en la casa hacía el aire
prácticamente irrespirable.

Dolly levantó la cabeza de los cojines tras su regazo
cuando escuchó el carruaje afuera. Dejó la tela a un lado y
se acercó a la ventana para ver a Karl, el repartidor de la
tienda de Haney, quién se bajaba. Ella fue a la puerta con
una sonrisa en su rostro. Él estaba allí con sus bañeras de
lavado para la ropa, las que tenían escurridores para sacar el
agua de la ropa

"Sólo puedo llevarla hasta su porche, señorita Dolly", el
vigoroso joven se disculpó. "Tengo que correr a Holbrook
para recoger mercadería para el Sr. Haney en el depósito o
me quedaría para llevarlas a la parte de atrás y prepararlas
para usted".

Dolly se protegió los ojos de la luz del sol brillante con
su mano agrietada. Está bien, Karl. Puedo arreglármelas
desde aquí e instalarlas ".

Ella no estaba segura de que fuera verdad, pero Dolly
sabía que tenía que sacar la caja y su contenido del porche

delantero y llevarla al fondo antes de que Martin llegara a casa y las viera.

Karl deslizó la gran caja de madera de la parte trasera del carruaje y la llevó al porche. Se quedó esperando hasta que Dolly buscara en el bolsillo de su delantal y sacara una moneda de cinco centavos. "Gracias", dijo y le entregó la moneda al joven.

"Gracias, señorita Dolly", dijo mientras dejaba caer la moneda de cinco centavos en el bolsillo del pecho de su gastada camisa a cuadros, "esto me comprará un trago en Bud's cuando llegue a Holbrook".

El conductor se apresuró a cruzar la verja, se subió a su carro, quitó el freno y libero a los caballos por la polvorienta calle con potencia. Dolly miró fijamente el cajón desgarbado y pensó en cómo iba a llevarlo al porche trasero donde lavaba la ropa. Agarró la madera áspera y levantó un extremo. Lo bajó de nuevo al porche, agradecida de que no pesara demasiado.

"¿Necesitas ayuda con eso?"

Dolly levantó la cabeza para ver a su vecino, Trace Anderson, parado en la puerta. Dolly sintió que se le ruborizaban las mejillas. Había sido muy dulce después de haber enviudado hace algún tiempo.

"Probablemente pueda conseguirlo, Trace", dijo Dolly, "pero realmente no quiero rayar el piso, arrastrándolo de regreso".

Trace abrió la puerta y se dirigió al porche. "¿Dónde está Martin?"

Dolly puso los ojos en blanco. "Tu invitado es tan bueno como el mío. No tengo ni idea de dónde está mi hermano hoy ". Ella abrió la puerta principal y se inclinó para agarrar un extremo de la caja. "No es muy pesada".

Trace se puso en cuclillas y recogió al otro. "No demasiado pesada", dijo con una cálida sonrisa, "simplemente incómodo".

Dolly le devolvió la sonrisa al grandulón. "Son tinas nuevas con un juego de escurridores para cuidar mis pobres manos cuando lavo la ropa".

"Fue amable de parte de Martin hacer eso por ti".

"Yah", dijo Dolly con un suave bufido. Su hermano no había tenido nada que ver con eso. Dolly había pagado las tinas con el dinero que había ahorrado con los huevos y los productos que vendía al señor Haney.

Llevaron la caja a través del salón, con cuidado con las lámparas, y a través de la cocina ordenada, donde el pollo hervía en una olla alta para hacer bolas de masa, y salieron al porche trasero. "Si tienes una palanca", dijo Trace, "yo haré pedazos esto por ti".

"En el cobertizo." Dolly salió del porche al patio y se dirigió al pequeño edificio detrás de la casa conectado a su gallinero. Ella regresó con la palanca de hierro y se la entregó a Trace, quien la tomó y comenzó a arrancar los delgados listones de madera de la caja. "Puedo hacer eso", le dijo Dolly, "si estás ocupado en tu tienda".

Trace Anderson tenía un negocio de monturas y tachuelas adjunto a su casa al otro lado de la calle de Dolly y su hermano en Concho, Arizona. Hacía un buen negocio con los rancheros y granjeros mormones de la zona y era muy querido en la ciudad. Las mujeres en la iglesia decían que él era uno de los solteros más elegibles en la pequeña comunidad desde que su esposa había fallecido dos años antes.

Dolly había puesto sus ojos en él hacía algún tiempo, pero el hombre nunca le había prestado mucha atención. Diez años mayor que ella, tal vez Trace pensaba que era demasiado joven a los veinticuatro para ser una verdadera esposa y madre.

"No es ninguna molestia". Sacó las tablas del extremo de la caja y comenzó a deslizar las dos tinas montadas sobre patas, para que Dolly ya no tuviera que lavar la ropa de rodillas. Sacó los dos rodillos y los estudió. "¿Qué diablos son estos?"

"Escurridores", dijo con una sonrisa orgullosa. "Los montas en la bañera, giras el mango allí y pasas la ropa". Dolly se encogió de hombros. "Escurren la mayor parte del agua, por lo que la ropa no tarda tanto en secarse".

"Seguro que cuidaras tus manos de las exprimidas". Estudió las tinas. "¿En cuál los quieres?"

"No importa, no importa", le dijo Dolly, y Trace comenzó a colocar los escurridores en una de las tinas galvanizadas. "Martin diría que esto era una pérdida de buen dinero, pero son mis manos las que están cuidando y no las suyas", dijo Dolly con una risa nerviosa. "Y fue mi dinero con el que las compré, no el suyo. Martin probablemente dirá que estoy tomando el camino de la mujer perezosa para no lavar la ropa ".

Trace se aclaró la garganta mientras giraba su rizado cabello castaño para mirar a Dolly. "No debes prestar atención a lo que Martin dice sobre ti, Dolly. Sé que trabajas duro para mantener la casa de Martin en orden y cuidar el jardín y las gallinas ". La miró a los ojos azules con los suyos color avellana y Dolly no pudo apartar la mirada. "No tiene derecho a decir las cosas que dice ni a decirlo de la forma en que lo dice".

Dolly se quedó atónita por las palabras del hombre. ¿Cómo podía saber qué tipo de cosas le decía Martin? Ella miró la tela de queso sobre la ventana abierta de la cocina y suspiró.

Martin era un gritón como lo había sido su padre. Cuando estaba bebiendo y quería hacer valer su punto, pensaba que decirlo más alto haría el trabajo. Trace había vivido al otro lado de la calle durante más de diez años, primero con su difunta esposa, Lucy, y luego solo. ¿Cuántas de las furias malhabladas de Martin habría escuchado? ¿Eran ellos la razón por la que nunca le había prestado atención?

La vergüenza repentina hizo que las mejillas de Dolly se encendieran y eso la llenó de ira. Respiró hondo y trató de controlar su irritación. "Lamento que el despotricar de Martin le haya molestado, Sr. Anderson. Me aseguraré de recordarle que las ventanas podrían estar abiertas la próxima vez ".

Trace, con el ceño fruncido en su hermoso rostro, apretó la tuerca final y probó la seguridad moviendo los escurridores con su gran mano. "Creo que lo hará". Se quedó mirando el montón de listones de madera esparcidos por el porche. Asintió con la cabeza hacia el desastre. "¿Quieres que te las lleve?"

"Los llevaré para la cocina", dijo Dolly sin mirarlo a los ojos, "pero gracias".

Ella olió el pollo hirviendo en la cocina y rodeó al gran hombre, que se elevaba por encima de los cinco pies y siete pulgadas de Dolly por una cabeza y tenía hombros tan anchos que tenía que girarlos para atravesar la mayoría de las puertas. "Necesito comprobar el agua de mi pollo antes de que se queme en la olla".

Trace volvió la cabeza hacia la puerta de la cocina. "Huele bien", dijo con una sonrisa, "pero toda tu cocina huele bien, Dolly ".

Dolly sonrió mientras levantaba la tapa de la olla esmaltada en azul. ¿Había estado oliendo su comida? Bueno, vivía al otro lado de la calle. A Dolly le gustaba cocinar y se enorgullecía de sus comidas. También estaba orgullosa de su jardín libre de malas hierbas y sus gallinas regordetas.

Todavía le irritaba un poco que Trace hubiese estado prestando tanta atención a lo que estaba pasando en su casa cuando nunca le había dado más que un asentimiento de pasada en público. Dolly sabía que Trace nunca había sido un gran conversador. Quizás sea más un oyente que un conversador. Ella sonrió para sí misma. El Señor sabía que, para variar, le vendría bien que alguien la escuchara.

Trace entró en la cocina. "Bueno, supongo que me iré si no necesitas nada más", dijo mientras sus ojos recorrían la cocina ordenada, "pero recuerda lo que dije. Martin no tiene ninguna razón para llamarte perezosa o tratarte como lo hace ".

Dolly sintió que sus mejillas se ruborizaban de nuevo. "Se lo agradezco, pero Martin me ha estado cuidando desde que mamá y papá murieron". Se mordió el labio mientras reflexionaba sobre qué decir a continuación. "Puso su vida en espera para cuidar de mí". Repitió las cosas que Martin siempre le decía.

Trace resopló. Te trata como a una niña y te usa como a una esclava doméstica, Dolly. Ya no eres esa niña flaca que perdió a sus padres ", resopló," así que ten un poco de orgullo y defiéndete como la mujer adulta que eres ahora. Has hecho más de lo que te corresponde para pagarle a ese inútil borracho. "

"Le debo a mi hermano por cuidarme todos estos años", protestó, defendiendo a su hermano con lágrimas en los ojos, "¿y qué derecho tienes a escuchar nuestras disputas familiares privadas de todos modos, Trace Anderson?"

"No hay muchas formas de evitar escuchar", sonrió

Trace, poniendo los ojos en blanco. Dolly no respondió, salió de la cocina, atravesó el salón y salió por la puerta.

Dolly dejó que las lágrimas que había estado conteniendo se deslizaran por sus mejillas. Si ahora pensaba que ella era una mujer, ¿por qué nunca la había cortejado?

* * *

Trace tragó saliva mientras cruzaba la calle angosta que separaba su casa y su tienda de la de Dolly y Martin. ¿Por qué se habría puesto tan cascarrabias? Solo había estado tratando de ayudar. ¿Cómo se suponía que no iba a escuchar los alborotos borrachos de Martin cuando el hombre gritaba cada palabra?

Él abrió de un tirón la puerta principal y entró en su casa. Había estado escuchando a ese bastardo golpear y degradar a esa chica durante diez años. Trace negaba con la cabeza con frustración mientras caminaba hacia el balde de agua en la encimera de la cocina, sacó el cazo esmaltado, se lo llevó a los labios y tragó el agua dulce y fresca. Esperaba que enfriara su temperamento, pero no fue así.

Trace volvió al sofá de lona gastada y dejó caer la cincha sobre él. Recogió el marcó una fotografía de hojalata y pasó un dedo encallecido por el rostro sonriente de Lucy. "Hice lo mejor que pude por esa chica, Lucy", susurró. "Fui con el reverendo Haskell para decirle que Martin la golpeaba como lo hace, pero el anciano me dijo que me ocupara de mis propios asuntos. Dijo que Dolly era la responsabilidad de Martin y él la criaría como mejor le pareciera. Me dijo que recordara lo que decía el Buen Libro sobre salvar la vara y malcriar al niño".

Trace devolvió la fotografía a la mesa. "Incluso fui con Martin para cortejarla después de que haber pasado un adecuado período de duelo", susurró, "pero el bastardo borracho se rio en mi cara y me dijo que no podía pagar el precio por su mano". Trace volvió a negar con la cabeza. "Sé que le gustas a la chica, Lucy, y yo a ella también. Ella se ha convertido en una buena mujer". Trace sonrió ante la fotografía de su esposa. "Estuve en su casa hoy y está tan limpia que podría haber comido del piso, pero ella no se respeta a sí misma. Martin se lo ha quitado a golpes ".

Trace recogió las correas del arnés en las que había estado trabajando antes de ir a ayudar a Dolly y comenzó a coserlas con una aguja y un tendón. Sin embargo, no podía quitarse de la cabeza a la bonita pelirroja de ojos azules del otro lado de la calle. La había visto crecer de una chica desgarbada a una mujer bien formada.

Recordó cómo Dolly había estado allí para él después de la muerte de Lucy, tratando de dar a luz a su hijo. Lloró en el funeral y luego vino a la casa y se hizo cargo de la cocina donde las mujeres del pueblo habían traído fuentes y platos de comida.

Esos días habían transcurrido en una nube de tristeza y lágrimas, pero recordaba a la joven flaca en su casa, limpiando, preparándole comida y presionándolo para que comiera. Honestamente, Trace no sabía qué habría hecho sin su ayuda durante ese tiempo. Le había pedido a Dolly que dejara de venir después de escuchar a algunas de las mujeres de la iglesia comentar sobre lo indecoroso que era tener a la niña en su casa tan poco tiempo después de la muerte de su esposa.

Trace había sospechado que estaban celosos de Dolly porque no habían pensado en enviar a sus hijas elegibles en su ayuda. Más adelante en la conversación, escuchó a uno de ellos comentar que esperaba que él nunca fijara sus ojos en su hija. El enorme hombre había matado a la pobre Lucy, llenándole la barriga con un bebé tan grande que no podía salir y no querían correr ese riesgo con sus pobres niñas. Lleno de dolor y culpa, Trace le había dicho a Dolly que pensaba que era hora de que intentara llevarse bien por su cuenta y le pidió que dejara de venir a limpiar y lavar su ropa.

Él había extrañado su compañía, pero pensó que era lo mejor para los dos. Ahora habían pasado los años y Dolly se había convertido en una hermosa joven. Tenía todas las cualidades que un hombre podría desear en una esposa, pero Trace sabía que su hermano había rechazado a todos los jóvenes de la ciudad cuando le pedían cortejar a su linda hermana.

Martin quería mantener a Dolly solo para atender sus necesidades como ama de llaves. ¿Era justo para Dolly? Ninguna mujer querría tomar al borracho desempleado de Martín como marido. Va a convertirla en una solterona, viviendo con su hermano y cuidando de él porque él la ha hecho sentir culpable. Trace había oído al hombre decirle a Dolly que ningún hombre querría tomarla como su esposa porque era un ser humano holgazán e inútil con el aspecto de una vaca vieja seca.

Trace recordó el día en que fue a la puerta de Martin y se aventuró a pedirle que cortejaría a Dolly con la esperanza de poder salvarla de otra paliza y arenga.

"¿Qué tienes en mente hoy, Anderson?" Martin había dicho al abrir la puerta, su aliento apestaba a alcohol.

"Quiero hablarte de Dolly, Martin".

"¿Qué hay de ella?" Martin salió al porche y cerró la puerta detrás de él. "¿Finalmente vas a pagarme por todo el trabajo que ha estado haciendo por ti allí?"

"Me gustaría presentar a tu hermana ante una corte, Martin".

"Seguro que lo harías", se había burlado Martin, "y conseguirías más de sus servicios sin pagar". El hombre desaliñado había ido al columpio del porche y se había dejado caer en él. "Te diré lo que les digo a todas las demás pollas cachondas que aparecen aquí olfateando a mi hermana. Cumple con mi precio de cien dólares en oro y podrás tener su pequeña y perezosa vagina".

La boca de Trace se abrió con sorpresa y disgusto. "Eres obsceno", escupió, "hablar así de Dolly".

"¿Por qué?" Martin había sonreído. "Es lo que todos quieren, lo que hay entre esas piernas". Se encogió de hombros. "Cumple con mi precio y podrás tenerla, pero, como todos los demás por aquí, dudo que puedas".

Trace podría haber pagado el precio de Martin, pero no quería pensar en Dolly como una prostituta. Los hombres solo pagaban a otros hombres por el uso de una mujer cuando esa mujer era una prostituta y esa no era Dolly.

2

L as nuevas tinas con su escurridor hacían que el día de
lavado de dolly fuera mucho más fácil.

Ella se quedó de pie sujetando la ropa a la línea y miró
hacia arriba para ver a Trace sentado en su porche con el
trabajo en su regazo. El hombre siempre estaba trabajando.
La vio en la línea y asintió.

Cuando Dolly saludó, la fuerte brisa tomó la camisa en
su mano y tiró de ella. Observó con horror cómo la elegante
camisa de vestir nueva de Martin caía por el polvoriento
patio. Se olvidó de Trace Anderson y corrió tras la camisa.

Su corazón dio un vuelco cuando recogió la prenda
mojada y la agitó para quitar el polvo y los escombros. El
polvo rojo del patio se pegó a la tela en varios puntos. Con
un profundo suspiro, Dolly se volvió para regresar rápidamente a las tinas y poner la camisa de nuevo en el agua con
jabón antes de que las manchas se hicieran más difíciles.

Cuando se volvió, Dolly vio a su hermano mirándola
desde el porche con una taza de café en la mano. "¿Esa es mi
camisa nueva?" el demando.

"El viento me lo arrancó de la mano". Dolly se defendió

mientras avanzaba hacia el porche. "Solo necesito enjuagarla de nuevo".

Martin giró la cabeza para mirar las nuevas tinas y Dolly esperó la explosión. "¿Qué demonios es esto?" el demando. "¿Y de dónde vino?"

Dolly subió al porche y sumergió la camiseta en el agua.

Martin agarró a su hermana del brazo. "Te pregunté de dónde vino esto".

"Lo compré en casa de Haney", dijo Dolly dócilmente mientras frotaba la tela.

"¿Gastas más de mi dinero?" el grito. "¿Sin pedir mi permiso?"

"Basta, Martin." trató de soltar su brazo del agarre. "Lo compré con el dinero de mis huevos, no con el tuyo".

Su hermano resopló. Todo el dinero de esta casa es mi dinero, idiota estúpida. Eres mujer y el gobierno es lo suficientemente inteligente como para saber que las mujeres no pueden manejar su propio dinero ". Miró a Dolly con el ceño fruncido. "¿Dónde has estado escondiendo este dinero y cuánto tienes?" preguntó con una ceja levantada.

Dolly sabía hacia dónde se dirigía esto. Si le decía dónde guardaba sus ahorros, nunca tendría nada. Martin lo usaría para beber y jugaría con él en el salón. "Gasté todo lo que tenía en esto y artículos varios para la casa", le dijo mientras pasaba la camisa por el escurridor.

"¿Para qué necesitabas esa cosa?"

"Estaba cansada de lavar la ropa de rodillas", admitió, "y estos escurridores me cuidan las manos".

Martin resopló. "La misma astuta perezosa e inútil que siempre has sido, Dolly". La vio sacudir la camisa antes de dejarla caer en el agua de enjuague. "Todo lo que puedo decir es que será mejor que laves mi camisa y no la dejes ensuciar de nuevo en el patio debido a tu maldita torpeza".

Le dio una palmada en la nuca a Dolly antes de volver a entrar. Entonces entra aquí y prepara mi maldito desayuno.

"Estaré en un minuto, Martin. Solo necesito terminar de colgar el resto de la ropa".

Dolly terminó sus quehaceres, preparó el desayuno y estaba limpiando la cocina cuando alguien llamó a la puerta. Dejó que Martin contestara porque ya estaba en el salón con el periódico.

"Tráeme café para mí y para mi amigo Dolly", llamó Martin.

Dolly se asomó a la sala y vio a su hermano ofreciendo un asiento en el sofá a un hombre bien vestido de unos cuarenta años. "Los llevaré en un minuto, Martin", respondió.

Dolly no conocía al hombre, pero no parecía un granjero o un ranchero, así que sirvió café de la bonita cafetera esmaltada de porcelana que usaba su mamá para el servicio de café. Con orgullo colocó la olla en una bandeja con tazas, platillos, crema y azucarero para llevar y colocarla en la mesa frente al extraño. Se volvió para correr de regreso a la cocina cuando el hombre habló.

"No se vaya todavía, señorita Stroud", dijo en un tono autoritario. "Déjame mirarte bien".

Dolly se detuvo con una mirada interrogante a su hermano silencioso, quien simplemente se encogió de hombros. Dolly notó el sudor en su frente con cierta preocupación. Había escuchado voces roncas entre los hombres mientras preparaba el café, pero no había escuchado la conversación exacta. Se preguntaba en qué se habría metido Martin esta vez. ¿Le debía dinero a este hombre por una deuda de juego? ¿Qué podría querer el hombre de ella?

Muy bonita, de hecho —dijo el hombre, evaluando a Dolly con los ojos. Creo que le irá bien, señor Stroud ".

Dolly se volvió hacia su hermano. "¿Quién es este hombre, Martin, y de qué está hablando?"

El hombre se puso de pie. "Soy Hiram Davis, Señorita Stroud y ahora usted es mi posesión".

La boca de Dolly se abrió. "¿Su posesión?" Se volvió hacia su hermano de ojos muy abiertos. "¿De qué está hablando, Martin?"

Martin abrió la boca, pero no salió ninguna palabra antes de que Davis continuara. "He comprado toda la deuda de su hermano", dijo el hombre, "incluida la hipoteca de esta hermosa casita en el banco local".

"¿Hipotecaste la casa?" Dolly jadeó, volviéndose hacia su hermano inexpresivo.

"Tu hermano ahora tiene en la mano el billete por los quinientos dólares de deuda que tengo ahora", dijo Davis con una sonrisa mientras regresaba a su asiento y llenaba su taza. "Tú, querida, eres mi precio por el reembolso de ese pagaré".

Martin levantó el papel. "¿Quieres decir que quieres la mano de mi hermana en matrimonio por esto?"

Davis soltó una risita mientras estiraba la mano para tomar la muñeca de Dolly y acercarla más. "Ya tengo esposa en San Francisco". Dolly se estremeció cuando el hombre la agarró por el trasero. "No, la señorita Stroud me acompañará a San Francisco y se pondrá a trabajar en Bainbridge House".

"¿Quieres que trabaje en un hotel?" Martin dijo con el rostro contraído por la confusión.

"Bainbridge House no es un hotel", dijo Davis. "Es un lugar muy exclusivo donde hombres de gustos inusuales vienen a disfrutar de la compañía de mujeres hermosas". Sonrió al ver el rostro horrorizado de Dolly. "¿Supongo que todavía eres virgen?"

"Por supuesto, ella todavía es virgen", espetó Martin. "No he dejado que ninguna de estas semillas de heno locales la afecte en todos estos años".

"Aún mejor", dijo Davis mientras seguía acariciando el trasero de Dolly. "Tengo un grupo de hombres de élite que pagarán bien por desflorar a una virgen".

"No puedes pensar seriamente en dejar que esto suceda, Martin", le dijo Dolly a su hermano, quien agarró el papel en su mano.

Otro hombre salió de las sombras. "Él puede, y lo hará", dijo el Sheriff Lucas con una sonrisa mientras miraba a Dolly. "El Señor. Davis ha firmado una orden judicial de impago contra su hermano. Si no está de acuerdo en permitirle que se vaya con él, lo pondré bajo custodia, lo encarcelaré y confiscaré esta propiedad para ponerla a subasta y devolver el dinero que el Sr. Davis ha aportado ".

El rostro de Martin se puso pálido. "¿Me echarías de mi casa, Lucas?"

El sheriff sonrió. "A ti y tu hermana." Se acercó y tocó la mejilla de Dolly. Entonces, Martin, tendrás que ponerla a trabajar en una de las habitaciones del salón para pagar tus deudas, así que es mejor que la dejes ir para su maldito burdel en San Francisco.

"¿Martín?" Dolly suplicó mientras trataba de alejarse de Davis y el sheriff.

El sheriff sacó un par de esposas de su cinturón y los colgó frente a su hermano. "Depende de ti, Martin. Envíala con el Sr. Davis a prostituirse en San Francisco o pasa los próximos diez años haciendo trabajos forzados en la prisión territorial ".

Dolly vio el cambio en el rostro de su hermano y supo que estaba perdida. Martin la sacrificaría por una vida de prostituta para evitar años de trabajos forzados. "Lo siento,

Dolly", dijo en un quejido, "pero no puedo perder esta casa e ir a la cárcel".

"Me alegro de que esté resuelto", dijo Davis con una amplia sonrisa. "Ahora vayamos arriba a su habitación y prepárese para nuestro viaje, señorita Stroud". Sonrió al sheriff sonriente mientras tiraba de Dolly hacia las escaleras. "Vigila afuera, Lucas", ordenó el hombre, "y mantén a la multitud a lejos mientras la señorita Stroud y yo llegamos al carruaje con las demás chicas".

Dolly siguió al hombre, tropezando en las escaleras. Ella todavía no podía creer que esto le estuviera pasando o que Martin estuviera permitiendo que sucediera.

"¿Está es tu habitación?" Davis preguntó en lo alto de las escaleras.

Dolly asintió y él abrió la puerta del pequeño ático que había sido su habitación durante toda su vida. "Quítate la ropa", instruyó Davis. Él le dio una bofetada en la cara cuando ella no hizo lo que le había dicho. "No toleraré la desobediencia".

"No puedo desnudarme frente a un hombre extraño", protestó Dolly.

Davis respondió con una sonrisa mientras apartaba las cortinas de la ventana y la abría. "Oh, lo harás, señorita Stroud, y mucho más". Dolly escuchó las voces de los hombres en la calle debajo de su ventana y se preguntó qué estaba pasando.

* * *

Trace se sentó en su porche cosiendo una nueva funda para un cliente cuando escuchó el carruaje. Miró hacia arriba y vio un carruaje con ventanas enrejadas que se detenía frente a la casa de Martin Stroud. ¿Alguien finalmente se había cansado de que él hiciera trampa en las cartas y hubiera ido al sheriff y presentado cargos? Ciertamente ya era hora.

Cuando una multitud bulliciosa comenzó a reunirse, Trace se puso de pie y dejó caer su proyecto en la silla. Bajó del porche y se dirigió a la casa de Stroud para ver qué estaba pasando. Los hombres se reían y vitoreaban mientras miraban y señalaban la ventana: la ventana de Dolly. La boca de Trace se abrió en estado de shock cuando se acercó y vio a Dolly, de pie con sus pechos desnudos presionados contra el vidrio con un par de manos de hombre acariciando su cuerpo igualmente desnudo, provocando a la multitud cuando se entrelazaban el triángulo rojo de cabello entre sus muslos.

¿Qué demonios estaba pasando y cómo podía permitirlo Martin? Trace se abrió paso entre la multitud de hombres para correr hacia el porche donde estaba el sheriff.

"Maldita sea", escuchó Trace a alguien jadear, "Si hubiera sabido que Dolly chupaba de esa manera, habría presionado un poco más a Martin para cortejarla".

Trace volvió a mirar a la ventana. El hombre tenía a Dolly de rodillas con su miembro erecto entre sus labios. Él miró hacia otro lado con disgusto.

"Ahí están, caballeros", gritó un hombre con una chaqueta a cuadros y un bombín marrón con acento irlandés mientras señalaba la ventana de Dolly. "El Sr. Davis está preparando su última incorporación ". Se rio junto con los hombres que se burlaban.

"¿Tendremos una oportunidad con la pelirroja cuando termine con ella?" alguien preguntó en la multitud.

"Hoy no, me temo", respondió el irlandés, "pero tengo un carro lleno de muchachas dispuestas aquí, ansiosas por satisfacer todas sus necesidades cuando el Sr. Davis haya terminado con esa chica de allá arriba". Se rio y dio una palmada al carruaje.

Trace fue al porche y alcanzó el pomo de la puerta. "Mantente ahí, Trace", ordenó el sheriff Lucas y bloqueó el camino. "¿Qué crees que estás haciendo?"

"Voy a detener esta farsa", le dijo Trace al sheriff, "como usted o cualquier hombre decente debería haber hecho".

"¿Por qué?" preguntó el sheriff con una sonrisa. "Es una puta maldita y sucia que monta un show para el Sr. Davis y sus amigos". El sheriff se encogió de hombros. "No está infringiendo ninguna ley que yo sepa".

La boca de Trace se abrió. Dolly no es una puta, Lucas. Tiene que estar obligándola a hacer esto ".

El sheriff resopló. "He estado aquí desde que comenzó", dijo, "y seguro que no vi a Dolly pelear por eso". El pasó del porche para ver al hombre acariciando su miembro entre los labios de Dolly. "Seguro que desearía haber sabido que ella podía meterse una polla en la boca de esa manera". Dejó escapar un largo suspiro. "Sin embargo, ella chilló un poco cuando él se lo metió en su pequeño culo apretado".

El sheriff le sonrió a Trace. Vete a casa y ocúpate de ese bulto en tus pantalones o espera y sigue al irlandés y sus putas. Estoy seguro de que uno de ellos estará feliz de cuidarla por ti ".

Trace había escuchado suficiente. Salió del porche hacia su casa. Trató de quitarse de la cabeza los comentarios lúdicos de los hombres cuando regresó a casa, pero no pudo. Miró hacia la ventana abierta y vio a Dolly de pie de nuevo con el fluido blanco del hombre corriendo por su barbilla temblorosa y las manos del hombre en sus pechos, jugando con sus pezones para el disfrute de los hombres de abajo.

Tal vez se había equivocado con respecto a Dolly. Tal vez ella era una de esas mujeres sobre las que había leído y que disfrutaban siendo el centro de atención, cualquier tipo de atención, y que alardearían de sus cuerpos en programas obscenos. Trace apartó la mirada y caminó penosamente a casa.

Unos minutos más tarde, cuando terminó el espectáculo de Dolly, el irlandés hizo rodar su carruaje frente a la casa de Trace, conduciendo a los hombres de la ciudad de la forma en que se decía que San Patricio había llevado a las serpientes fuera de Irlanda y hacia el mar. Trace miró de nuevo a la casa Stroud. La ventana de Dolly estaba cerrada y las cortinas corridas. No podía creer lo que había visto o que Martin había permitido que sucediera. ¿Qué tipo de hombre permite que su hermana se exhiba de esa manera en su propia casa? Entró a beber agua.

Cuando volvió a salir para terminar su proyecto, vio a Dolly seguir a Davis desde la casa y subirse a su carruaje. Llevaba un vestido y un gorro que Trace le había visto usar en la iglesia varias veces. Hizo que su estómago se retorciera. ¿Cómo podía llevarlo ahora después de actuar como una puta delante de la mitad de los hombres de la ciudad?

Cuando vio la cara llena de lágrimas de Dolly en el carruaje del hombre, Trace supo que se había equivocado al pensar mal de Dolly. Ella no era una prostituta y él sabía que no había disfrutado lo que le habían hecho en esa ventana.

El sheriff lo siguió de cerca detrás del carro y se quitó el sombrero ante Trace con una amplia sonrisa en el rostro. Trace no podía creer que hubiera votado por el bastardo.

El hombre se puso de pie, metió la mano en la casa y agarró el rifle que tenía junto a la puerta. Sabía lo que tenía que hacer ahora. Sabía que tenía que salvar a Dolly de lo que fuera que ese hombre tenía reservado para ella.

3

_____

Dolly permaneció sentada en un silencio atónito. No podía creer que Martin permitiera que esto le sucediera. ¿Qué había hecho ella para merecer esto?

Las lágrimas corrieron por sus mejillas rojas cuando Davis corrió las cortinas. Ella cogió su bata para cubrirse.

"Póngase su vestido más bonito, señorita Stroud", le dijo Davis. "Salimos hacia Holbrook para tomar un tren tan pronto como estés vestida". Cuando Dolly abrió su armario y alcanzó su bolso de viaje, Davis la detuvo. "No necesitarás nada de esta otra basura. Te pondremos la ropa adecuada cuando lleguemos a Bainbridge House ". Ella se limpió el semen que se secó en su barbilla. Sin embargo, vas a tener que aprender a tragar o voy a necesitar castigarte más severamente ".

Las lágrimas brotaron de sus ojos, recordando los duros golpes del hombre en su trasero desnudo y diciéndole que el sonido de su mano golpeando su piel lo excitaba más que ver su cuerpo desnudo o la anticipación de lo que vendría. Dolly vertió agua de la jarra esmaltada en blanco en el lavabo a juego, agarró la toallita y se frotó la cara hasta que se puso roja. Quizás si se quedaba en su habitación, Davis se cansaría de esperarla y se iría.

"No se entretenga, señorita Stroud", dijo Davis desde fuera de su puerta. "No tengo tiempo que perder".

Lágrimas de derrota rodaron por el rostro de Dolly y tomó una camisola, una enagua y su mejor vestido del guardarropa. Ella había hecho el vestido para Pascua el año anterior con una tela de algodón verde pálido estampada con flores de manzano blancas y rosadas y un follaje verde más oscuro. Lo había recortado en el cuello y los puños con encaje blanco y botones de perlas cosidos en la parte delantera. Estaba orgullosa del vestido y había recibido muchos elogios por su trabajo de las damas de la iglesia.

Dolly recogió sus rizos rojos y se puso el sombrero de paja recortado a juego con el vestido con encaje blanco y cintas de raso verde. Salió de su habitación y bajó las estrechas escaleras del ático hasta el salón donde Davis esperaba con Martin y el sheriff. Ella le dio a su hermano una mirada suplicante, pero todo lo que hizo fue darse la vuelta.

¿Cómo pudo permitir que esto sucediera? ¿La odiaba tanto?

"¿Ahora no te ves atractiva?" dijo el sheriff con una sonrisa. "Creo que tú y yo nos divertiremos un poco esta noche cuando acampemos".

Davis salió del sofá y miró a Dolly, evaluándola. "Supongo que eso tendrá que ser suficiente para el tren", dijo finalmente. "¿Quieres darle un beso de despedida a tu hermano? ¿Con los labios que acaban de lamer mi polla? añadió con una sonrisa maliciosa a Martin.

"Parece que lo hace bastante bien, Martin", el sheriff incitó a su hermano. "¿La has estado entrenando todos estos años?"

Los ojos de Martin se agrandaron y se quedó boquiabierto ante las palabras del sheriff. "No seas ridículo, ella es mi maldita hermana, por el amor de Dios".

"Muy bien", dijo Davis con una sonrisa, "vámonos".

"Lo siento, Dolly", escuchó murmurar a su hermano mientras caminaba hacia la puerta y más lágrimas brotaban de sus ojos.

Se subió al carruaje junto a Davis y él instó a los caballos a seguir por la calle. Mientras se acomodaba en el asiento de cuero, vio a Trace sentado en su porche con el trabajo en su regazo. ¿Había sido uno de los hombres que se había parado debajo de su ventana viendo a Davis profanarla? La idea era demasiado y dejó que las lágrimas corrieran por su rostro.

Davis vio sus lágrimas. "No tiene sentido llorar por la leche derramada, señorita Stroud", la reprendió. "Esto es lo que es tu vida ahora. Eres una puta como cualquier otra. Acostumbrarte a eso."

¿Cómo podría acostumbrarse a eso? ¿Cómo alguna mujer podría acostumbrarse a eso? Dolly bajó la cabeza mientras rodaban hacia el Oeste por la ciudad. No quería que nadie la reconociera. Sabía que nunca podría regresar a Concho después de esto. Lágrimas de desesperación rodaron por el rostro de Dolly.

"Límpiate la cara, ya casi llegamos al carruaje". Davis le entregó un pañuelo limpio de su bolsillo. "Necesito dejar algunas instrucciones con ese irlandés hablador y su lacayo antes de que nos pongamos en camino". Tosió por el polvo que se levantaba a lo largo del camino. "Es un idiota, pero bueno con las putas y le confío mi dinero".

Dolly se sonó la nariz, pero se negó a conversar con el hombre. Mantuvo los ojos fijos en el paisaje desértico que pasaba. Davis redujo la velocidad del carruaje y se salió del camino junto a otro carruaje que el irlandés había aparcado debajo de su ventana.

La boca de Dolly se abrió ante lo que pasaba a su alrededor. Esparcidos por las matas de hierbas del desierto y bajo la sombra de los cedros en expansión, había tarimas con mujeres desnudas que realizaban una serie de actos locos con los hombres de la ciudad. Una mujer, años mayor que la mayoría, había sido encadenada a la gran rueda del carro y varios hombres estaban a su alrededor acariciando su virilidad para soltarla sobre su cuerpo desnudo, apuntando a su boca. Un líquido blanco le corría por las mejillas y los pechos caídos.

Dolly quería vomitar. Lo retuvo cuando alguien la reconoció y corrió hacia el carruaje. Era Karl, el repartidor de la mercantil de Haney. "Tengo otro dólar", ofreció el joven flaco con la moneda en la mano, "si puedo tener a la señorita Dolly". Corrió y apoyó descaradamente una mano en el pecho de Dolly, apretándola a través de su vestido y camisola. "Podrías haberme ofrecido un poco de diversión el otro día en lugar de darme esa moneda", dijo y le pellizcó con fuerza cuando encontró su pezón.

"Me temo que los encantos de la señorita Dolly están fuera de los límites por el momento", dijo Davis. "Y tenemos que llegar a Holbrook para tomar un tren".

Karl se estiró para pasar un dedo sucio por los labios de Dolly. "Está bien. Tocaré su boca ".

El irlandés apartó al joven del carruaje. "Ve a meter tu polla en la boca de Greta", dijo, asintiendo con la cabeza a la mujer encadenada al carro. "Vamos, ella está libre hoy".

"¿Qué está pasando ahí?" Preguntó Davis mientras veía a Karl escabullirse para unirse a los hombres con la mujer.

"Creo que es hora de que llevemos a la vieja Greta a Crane", dijo el irlandés. "Ella trató de morder la cabeza de la polla de un tipo".

"Oh, Dios", dijo Davis con un suspiro, "supongo que

probablemente tengas razón". Se quedó un minuto mirando a los hombres y mujeres a su alrededor. "Harás el circuito regular alrededor del territorio norte de Arizona y luego te dirigirás a Colorado y dejarás a Greta en Crane". Davis agarró la manga del irlandés. "No aceptes menos de diez dólares por ella, ¿me oyes?"

"Sí, señor", dijo sin dejar nunca de mirar a Dolly. "¿Qué hay de esa? Necesitaré un reemplazo para la vieja Greta ". Se humedeció los labios. "Esa peli roja sin duda sería un atractivo para la caravana".

Davis sonrió a Dolly. "Tengo grandes planes para la señorita Stroud en Bainbridge House, pero una vez que se haya agotado y ya no tenga demanda, vendrá a ti como todas los demás".

El irlandés le sonrió a Dolly. "Pauly y yo la estaremos esperando".

"¿Cómo ha estado la venta?" Preguntó Davis.

"Regular". El irlandés sacó una bolsa de cuero de su chaqueta y se la entregó a Davis, quien la volcó y recogió las monedas de plata que salieron.

"No está mal." Dolly observó a Davis dejar caer las monedas en su bolsillo. "Voy a necesitar esto para pagar el billete de tren a casa para la señorita Stroud y para mí".

El irlandés se volvió a meter la bolsa vacía en los pantalones cuando Davis se la entregó, luego rodeó al asustadizo caballo y se situó junto a Dolly. "¿Puedo suplicarle probar esta gema antes de que la lleve al oeste, señor?" preguntó y apretó el pecho de Dolly como lo había hecho Karl. "A mi amiguito le vendría bien una liberación en algo de carne fresca. Estas vacas viejas se están volviendo aburridas ".

Davis puso los ojos en blanco y levantó la palma de la mano en un gesto despectivo. "Eres mi invitado, pero no en su coño".

El irlandés sonrió. "Gracias a usted, señor", dijo y tiró del carruaje de Dolly.

* * *

Trace se aferró a la culata de su rifle mientras observaba cómo el vil irlandés sacaba a Dolly del carruaje y la obligaba a arrodillarse para llevarle la polla a la boca. Su sangre hirvió cuando el sheriff le subió la falda y la agredió por detrás con los hombres del pueblo mirando y manoseando su cuerpo.

¿Por qué no está luchando contra esto? Las entrañas de Trace se agitaron ante la vista, pero no sabía con quién estaba más molesto: los hombres que agredían a Dolly o la mujer misma. ¿Quería ser una puta? ¿Había aceptado todo esto? Lo que sabía de Dolly simplemente no encajaba con lo que estaba presenciando hoy, y no lo entendía.

Trace se arrodilló detrás de unos cedros. Estaba lo bastante cerca para oír las risas y las burlas de los hombres borrachos. Ciertamente podría haber escuchado a Dolly gritar en protesta, pero ella no lo hizo. Mientras observaba al sheriff agarrarse a las firmes y redondas mejillas de Dolly, la virilidad de Trace comenzó a espesarse y palpitar en sus pantalones. Apretó los ojos con fuerza, avergonzado.

Cuando el sheriff y el irlandés terminaron con Dolly, Davis apartó a los admiradores más ansiosos y ayudó a la joven a volver a subir al carruaje. Con una sonrisa de satisfacción en su rostro bronceado, el sheriff Lucas montó su caballo y siguieron por el sendero que eventualmente los llevaría a la ciudad de Holbrook.

Trace montó en su yegua, metió el rifle en su funda de cuero y siguió al trío escondido en la espesa vegetación de cedros a lo largo del sendero. Tenía la intención de seguirlos y en su primera oportunidad, robar a Dolly de Davis y el sheriff. Se estremeció al contemplar el hecho de que podría tener que matar a uno o ambos hombres viles para liberarla, pero no le importaba. Trace se había jurado a sí mismo y al Señor que nunca volvería a quitar una vida después de las atrocidades que había visto durante la guerra. ¿Valía la pena salvar a Dolly, romper su promesa y posiblemente condenar su alma? Pensó en lo que significaba la vida de puta para el alma de la pobre Dolly y decidió que así sería.

4

A dolly le costó contener las lágrimas después del encuentro en la carreta con el irlandés y el sheriff.

"¿Podría detener ese lloriqueo infernal, señorita Stroud?" Davis insistió.

Dolly tomó el pañuelo que le había dado antes, se secó la cara y se sonó la nariz. ¿Qué esperabas de ella después de lo que había soportado ese día? ¿Se suponía que debía estar feliz y sonriente? Miró hacia abajo y vio las manchas sucias en la falda de su vestido donde sus rodillas se habían hundido en el suelo arenoso del desierto y las lágrimas le picaron de nuevo en los ojos. Había pasado una semana haciendo este vestido. Sabía que la suciedad desaparecería, pero el vestido que había usado con tanto orgullo antes estaba arruinado para ella ahora. No pensó que podría volver a usarlo sin que su estómago se revolviera.

"¿Quiere que le cuente sobre Bainbridge House y lo que disfrutará allí, señorita Stroud?" Davis preguntó en un tono alegre.

"Si es necesario", murmuró Dolly.

Giró la cabeza para mirar a Dolly. "No hay necesidad de

llevar ese tono impertinente conmigo", espetó, "y ciertamente no será tolerado en Bainbridge". Sonrió cuando Dolly no respondió. "Verá, mi clientela en Bainbridge House requiere mujeres sumisas y la mayoría prefiere golpearlas para que se sometan, si es necesario". Estudió el rostro inexpresivo de Dolly y volvió a sonreír. "Hay quienes, por supuesto, disfrutan más que golpear a una mujer hasta que se somete a sus deseos". Comenzó a reír suavemente. "De hecho, hay muchos que disfrutan de la paliza más que del acto sexual en sí. Quizás su actitud hosca sea apreciada después de todo, señorita Stroud.

"¿Tienes muchas prostitutas en este burdel?"

"De quince a veinte en un momento dado", le dijo Davis.

"¿Y están ahí porque quieren estar o fueron tomadas como esclavas como yo?" Dijo Dolly, mirando al hombre con su elegante traje. "¿Cuánto les pagan a estas mujeres por sus servicios?"

Davis arqueó una ceja. "Si estás preocupada por el dinero que ganarás, entonces quizás seas más puta de lo que pensaba". Él sonrió. "Me pagan por los servicios que brindan mis mujeres y las mujeres reciben propinas si el hombre aprecia su encuentro".

"¿Entonces no les pagas nada?" Dolly escupió.

"Las albergo en habitaciones preciosas, las visto con la ropa más fina y los alimento mejor de lo que la mayoría de ellos alguna vez fueron alimentados", dijo Davis. Le aseguro, señorita Stroud, que las mujeres de la casa de Bainbridge no presentan ninguna queja.

"Probablemente les abofetearían la boca si lo hicieran".

"De hecho, lo harían". Davis sonrió. "De hecho, lo harían".

Dolly, sintiéndose envalentonada, preguntó. "¿Por qué ̄ gió para su burdel, señor Davis? Seguro que hay muchas mujeres que hubieran estado dispuestas a unirse a sus putas en San Francisco. ¿Por qué tenía que tenerme?

Davis se volvió para mirar a Dolly. Es usted una joven encantadora, señorita Stroud. ¿Nadie te ha dicho eso nunca? Sacudió las riendas para instar al caballo en un trote sobre el camino polvoriento. "Tengo clientes que exigen ciertos atributos en una mujer joven. Te vi con tu hermano en la tienda", dijo, "y me impresionó tu actitud sumisa hacia él. Cuando te dijo que fueras a buscar algo, lo hiciste sin dudarlo ni retrasarlo ". Davis sonrió. "Y cuando pregunté a algunos de los otros que encontré en la ciudad, me aseguraron que eras una jovencita incuestionable que iba a la iglesia", hizo una pausa, "pureza".

Dolly puso los ojos en blanco cuando comprendió. Así que eso es lo que estaba buscando: una virgen. "¿Querías una virgen? ¿Por qué? ¿No quieren los hombres experiencia en sus putas?

Davis volvió la cabeza con una amplia sonrisa en el rostro. —Oh, tengo la intención de ver que tengas mucha experiencia antes de que lleguemos a Bainbridge House, señorita Stroud. ¿No te he proporcionado ya experiencia? "

Dolly ajustó su trasero dolorido y se tocó los labios magullados. "Supongo que sí."

"Los hombres vienen a Bainbridge House para entretenerse y despertarse para el acto sexual", explicó Davis. "Tengo una lujosa sala de teatro con cómodos asientos. Los hombres vienen de todo el continente para divertirse. Algunos incluso pagan para ser parte del entretenimiento ".

"No entiendo", dijo Dolly con el rostro contraído por la confusión.

"No, supongo que no lo harías".

"Antes de llegar a Bainbridge House", dijo Davis, "enviaré telegramas a varios de mis clientes especiales, anunciando el hallazgo de una virgen pelirroja ardiente. Entonces comenzaré a presentar ofertas ".

"¿Ofertas? ¿Ofertas por qué?

Davis se rio entre dientes. —Vamos, señorita Stroud, no es una joven estúpida. Las ofertas serán por la oportunidad de desflorarla en el escenario frente a la audiencia reunida ".

"¿Qué?" Dolly jadeó horrorizada. "Eso es asqueroso."

"Puede ser", admitió Davis con una sonrisa, "dependiendo de quién presente la oferta más alta. Si es el Sr. Gutiérrez de El Salvador, podría ser bastante brutal. Disfruta de una pequeña pelea con su mujer y le gusta sacarles sangre de algo más que del coño".

"¿Y los hombres pagan por ver algo así?"

"Eso y mucho más", dijo con un suspiro. "Ofrezco representaciones teatrales semanales con hombres y mujeres que realizan actos sexuales entre sí. Algunos hombres disfrutan y pagan para ver cómo se disciplina a una mujer, mientras que otros pagan para disciplinar ".

Los ojos de Dolly se agrandaron. "¿Y las mujeres están de acuerdo con esto?"

"La mejor reacción del público se produce cuando la mujer no sabe lo que le espera. Disfrutan del llanto y la mendicidad mientras la golpean y, en última instancia, la abusan ".

"Eso es asqueroso." Dolly no podía creer lo que le decía el hombre. Seguramente no podría haber hombres en el mundo como los que describió. ¿Qué clase de monstruo paga por ver cómo golpean a una mujer por su satisfacción sexual?

"Encontrarás, como yo, que el gusto de los hombres por lo inusual se coloca sobre el tablero como si fueran piezas de ajedrez. Algunos quieren un gusto con tu coño y están chos, mientras que otros solo pueden lograr la satisfacción con lo que algunos llamarían actos horribles. Sin embargo, se lo dejo a mi amigo Crane.

Dolly arqueó una ceja. "¿El hombre al que le enviabas a esa Greta?"

"Lamentablemente, sí", dijo Davis con un suspiro, "El establecimiento de Sr. Crane en las afueras de Denver es la última parada para muchas putas ".

¿Qué más podría haber?

"Mientras que algunos hombres disfrutan de ver cómo se llevan o golpean a una mujer en el escenario", dijo Davis, "hay otros que desean dar el siguiente paso y ver a la mujer dar su último aliento. Algunos pagarán una buena suma para hasta matarla, pero yo no iré tan lejos en Bainbridge House ".

Dolly frunció el labio. "Qué cortés de tu parte."

"No hay necesidad de ser sarcástico, señorita Stroud." Davis se encogió de hombros. "Crane y yo nos dimos cuenta de estos impulsos únicos en los hombres y simplemente hemos encontrado formas de satisfacerlos".

"En un beneficio." Dolly negó con la cabeza, se estremeció y cerró los ojos con fuerza al pensar en cosas tan horribles. ¿Davis le estaba diciendo la verdad o simplemente estaba tratando de asustarla?

"Y una muy buena ganancia".

"¿Qué tiene que pagar un hombre para quitarme la virginidad frente a una audiencia, Sr. Davis?"

"Empezaré a pujar en cien dólares", dijo con una sonrisa, "pero espero que llegue a mil por una tan encantadora como tú. Los hombres encuentran irresistibles a las pelirrojas, especialmente a las bonitas ".

La boca de Dolly se abrió. "¿Y cuánto obtendré de esos mil dólares?"

Davis sonrió. "Tendrás una bonita habitación en Bainbridge House, ropa bonita para ponerte y buena comida de la cocina".

Dolly entrecerró los ojos. En otras palabras, no obtendré ni una maldita moneda.

"Sus condiciones de vida mejorarán mucho con respecto a este desierto seco y marchito, así como la comida". Davis tomó la mano de Dolly. "Estoy seguro de que estarás muy feliz en Bainbridge House".

¿Honestamente pensaba que sería feliz como una puta? Dolly miró los cedros verdes y las hierbas ondulantes y suspiró. Echaría de menos el desierto alto y los espacios abiertos. No sabía cómo manejaría estar atrapada en un dormitorio todo el día, pero supuso que tendría que acostumbrarse. No podía permitir que estos hombres tomaran la casa y enviaran a Martin a la cárcel.

Dolly todavía no podía creer que Martin hubiera hipotecado la casa. ¿Por qué? ¿Para jugar y comprar elegantes camisas de seda? Ciertamente nunca usó nada de eso en la casa. La estufa humeaba y la tapicería de su viejo sofá estaba prácticamente gastada hasta el acolchado.

Dolly había comprado la nueva cuerda de yute con su propio dinero para volver a encordar la cama y rellenar la fina almohadilla con plumas de pollo de las gallinas que desplumaba. Martin se había negado a comprar plumas nuevas o relleno de paja en la tienda. Martin se había resistido cada vez que Dolly le había mencionado que necesitaba algo nuevo para la casa.

La había llamado perezosa cuando le pidió una nueva batidora o frívola por querer recuperar el sofá. Frustrada, Dolly simplemente había dejado de pedir cosas. Si quería algo, como las tinas nuevas, las conseguía con el dinero que ahorraba y escondía de su hermano.

Dolly sonrió con satisfacción ante un recuerdo. Cuando

colocó el cubre colchón en su cama y sus almohadas, no se había molestado con las de Martin. Ni si quisiera lo hizo, podría desplumar las gallinas él mismo y volver a coser la almohadilla y las almohadas.

Una sombra cayó sobre su regazo y Dolly miró hacia arriba para ver al sheriff mirándola desde su silla. "Creo que voy a salir a buscar una liebre para que cocines para nuestra cena, Dolly". Sonrió y luego se inclinó para hablar con Davis. "Tengo algunos planes para esta noche, señor Davis. Compartirla con ese tipo irlandés me ha dado algunas ideas. ¿Qué tal tú y yo enseñamos a la perra a tragarse nuestro semen como una verdadera puta?

"Suena bien para mí, sheriff, pero recuerde que su vagina está fuera de los límites".

El sheriff se enderezó y se rio. "Quiero estrangularla con mi polla y bombear su boca llena de mi semen caliente". Continuó riendo. "Y quiero ver sus pechos. ¿Qué tal si la desnudamos y le pedimos que nos cocine la cena de esa manera?

"Ciertamente ahorraría el desgaste del vestido", dijo Davis, "tal como es".

No había absolutamente nada malo en su vestido, salvo un poco de tierra arenosa hasta las rodillas. ¿Qué quiso decir con "tal como es"? Dolly estaba a punto de decir algo cuando el chasquido de un rifle la hizo temblar en el asiento. Algo húmedo le salpicó un lado de la cara y el sombrero del sheriff voló hacia la parte delantera del carruaje, seguido por una buena parte de su cuero cabelludo y cerebro. Dolly gritó de horror y se frotó la cara para quitárselo.

—Espere, señorita Stroud —gritó Davis mientras el caballo, asustado por los disparos, comenzaba a galopar sin control sobre el sendero lleno de baches.

Dolly volvió la cabeza y vio a la yegua gris del sheriff trotando junto a ellos con el cadáver ensangrentado del hombre desplomado en la silla. Su cabeza se revolvió ante la horrible vista y su estómago amenazó con vaciarse.

Dolly vio a Davis forcejeando con las riendas, tratando de frenar al frenético animal. Había dejado el rastro y el carruaje ahora rebotaba sobre los matorrales de hierba del desierto mientras el corcel corría alrededor de los cedros. El carruaje chocó contra algo y se inclinó sobre una rueda. Dolly gritó y se aferró con fuerza al dosel, pero cuando se inclinó hacia un lado y fue arrojada lejos, todo se volvió negro.

Cuando trace encontró el carruaje volcado, dolly no estaba en él.

Davis había sido arrojado al otro lado del asiento, todavía enredado en las riendas del animal enjabonado que todavía estaba enganchado y jadeando con los ojos muy abiertos por el miedo. La cabeza de Davis descansaba en un ángulo antinatural y Trace sabía por su experiencia en una unidad médica confederada durante la guerra que el hombre se había roto el cuello cuando el carruaje se salió de control y se volcó.

Pero, ¿dónde estaba Dolly? Trace la llamó por su nombre mientras corría de regreso por las huellas que las estrechas ruedas del coche habían dejado en el suelo arenoso. La encontró a la sombra de un cedro. La sangre le corría por la cara de una herida en el lado derecho de la cabeza. Su vestido estaba roto y sucio. Estaba salpicado de sangre, pero Trace no creía que perteneciera a la joven. El sheriff estaba cerca del carruaje y Dolly cuando Trace disparó su rifle contra el hombre, amenazando a Dolly con más insultos. La sangre salpicada probablemente le pertenecía.

Revisó a Dolly en busca de huesos rotos, pero no encontró ninguno. Él exhaló un suspiro de alivio y comenzó a sondear la herida de su cabeza. El cuero cabelludo estaba cortado y sangraba profusamente, pero no sentía una depresión en el cráneo. Sabía que eso habría sido malo.

"Creo que tienes un mal corte, Dolly", le dijo Trace a la joven inconsciente mientras le arrancaba la parte inferior arrugada de la enagua para usarla como vendaje.

Ella estaba respirando. Eso era lo importante. Trace arrancó parte del volante y lo dobló para colocarlo sobre la laceración sangrante. Luego envolvió un poco alrededor de su cabeza para mantener la almohadilla en su lugar, cubriéndole los ojos para mantener alejados a los mosquitos y moscas. Trace sabía por su experiencia en el campo que las lesiones en la cabeza podían ser complicadas. Puede que se despierte en cualquier momento y esté bien o que no se despierte durante una semana y vuelva tonta. Trace miró la bonita cara de Dolly. O tal vez nunca se despierte.

Se acercó a su caballo y sacó una manta del petate que estaba pegado a la silla de montar que usaba para los viajes de caza. Cuando lo extendió en un lugar nivelado, Trace levantó a la joven inconsciente en sus musculosos brazos y la acostó suavemente.

"Lo siento mucho, Dolly", susurró Trace mientras sostenía su mano inmóvil, "Nunca pensé en asustar al maldito caballo y que Davis no pudiera controlar al animal. Supongo que he vivido con granjeros y ganaderos demasiado tiempo". Él se rio suavemente. "Creo que incluso sus esposas e hijas podrían haber manejado mejor a un caballo asustado que a ese hombre con su elegante traje".

Trace vio que los buitres comenzaban a dar vueltas en el

cielo azul y se puso de pie. "Supongo que será mejor que pueda enterrar a esos dos bastardos en el suelo, Dolly". Escupió en la arena tibia a sus pies. "No es que ninguno de ellos merezca un entierro decente por lo que te hicieron. Debería dejarlos para que los buitres y los coyotes se alimenten ". Se arrodilló de nuevo y palmeó la mano de Dolly. Después de estudiarle el rostro, Trace se inclinó para besar su cabeza vendada. "Regresaré antes de que oscurezca y prenderé fuego". Se levantó de nuevo y caminó hacia su caballo.

Dos horas después, Trace volvió sudoroso y conducía el caballo del sheriff junto con su propia yegua. Dejó caer el cinturón de la pistola que había quitado del cuerpo del sheriff junto a Dolly y ató a los caballos en una zona cubierta de hierba. Les dio un poco de agua de una cantimplora que había encontrado en la silla del sheriff, una silla que Trace había hecho junto con toda la tachuela.

Después de lidiar con los caballos y controlar a Dolly, quien permaneció inmóvil e inconsciente sobre la manta, Trace cavó un pozo de fuego y encendió una fogata. No quería preocuparse de que los coyotes o los lobos grises entraran a olfatearlos por la noche.

Cuando la noche comenzó a refrescar, Trace acercó a su silenciosa carga más cerca del fuego y cubrió a Dolly con la manta del petate del sheriff, extendió mantas para caballos junto al fuego y se sentó a descansar. Dolly no había mostrado signos de recuperarse y eso le preocupaba un poco. Trace se preguntaba si debía intentar poner el carruaje accidentado en algún tipo de orden y llevar a Dolly de vuelta a la ciudad para que la viera un médico.

El carruaje, sin embargo, resultó ser más de lo que Trace podía manejar por su cuenta. Una de las ruedas se había arrancado del eje cuando se volcó y necesitaría un carretero experto para repararla.

Antes de que cayera la oscuridad total, Trace fue hacia Dolly, la acomodó en el jergón y le echó un poco de agua de la cantimplora por la garganta. Había visto morir a hombres inconscientes porque no los habían obligado a beber agua. El cuerpo de un hombre podría estar sin comida durante un período de tiempo prolongado, pero no sin agua. Supuso que una mujer no era diferente. Hizo una nota mental de hervir un poco de la cecina de alce que tenía en su alforja para prepararle un caldo por la mañana.

"¿Qué voy a hacer contigo ahora, Dolly?" Preguntó Trace mientras acariciaba su suave y magullada mejilla. "No creo que deba llevarte de regreso a Martin. Ese bastardo, lo sé, es tu hermano, pero dejó que esto te sucediera, y no hay forma de perdonar eso en mi forma de pensar ".

Sus ojos vagaron hacia abajo para ver cómo su pecho se movía hacia arriba y hacia abajo mientras respiraba, permaneciendo en sus senos llenos. "Eres una chica muy hermosa, Dolly", dijo antes de apartar los ojos de su pecho con una explosión de culpa. "Supongo que debería decir una mujer hermosa y poderosa. Ha pasado un tiempo desde que eras solo una chica que vino a mi casa para ayudarme después de que Lucy murió. Se inclinó y besó su frente vendada. "¿Alguna vez te agradecí por eso?" Volvió a acariciarle la frente con los labios. "Creo que podrías haberme salvado la vida y te agradezco por eso".

Trace acomodó sus mantas más cerca de Dolly, puso más leña al fuego y se estiró sin quitarse las botas. Se quedaba dormido a ratos durante toda la noche, y se despertó varias veces para comprobar la respiración de Dolly. Los coyotes aullaron en la distancia y una vez despertó con el aullido de los lobos.

Cuando se despertó por última vez, el sol se asomó por el horizonte oriental. Volvió a ver a Dolly. Todavía estaba inconsciente y la sangre se había filtrado a la superficie de su vendaje. Antes de levantarse para hacer sus necesidades, Trace le cambió el vendaje. Después de eso, llenó una olla de hojalata de su equipo con agua y dejó caer un trozo de la cecina salada y ahumada que preparó en el ahumadero de su cabaña de caza en la montaña. Luego se preparó un poco de café.

Se preguntó de nuevo qué iba a hacer a continuación. Miró a los caballos atados. No podía regresar a Concho con el caballo del sheriff muerto a cuestas. No creía que su conciencia le permitiera mentir y si admitía haberle disparado al hombre, lo colgarían por asesinato.

Trace vertió el café a través de una gasa en su abollada taza esmaltada e inhaló la rica infusión. Miró a la mujer dormida y se preguntó si le gustaba el café y cómo lo tomaba, con azúcar, crema o ambos.

Trace comprobó la olla hirviendo. El agua había cambiado a un tono marrón suave y sonrió. Eso significaba que los jugos de la carne se filtraban al agua. Sacó la olla del fuego y la dejó a un lado para que se enfriara para Dolly. Necesitaba la nutrición del caldo para mejorar.

Mientras vertía el caldo en su taza vacía, Trace se quedó mirando las tiras empapadas de cecina. Le dio a su cabeza una bofetada mental y sonrió. ¿Por qué no lo había pensado antes?

Levantó suavemente la cabeza de Dolly y puso la taza sobre sus labios suaves y rosados. ¿Qué te parece un viaje a mi cabaña de caza, Dolly? Sé que nunca la has visto, pero es muy tranquilo allá arriba, lejos de todos ".

Trace se tomó su tiempo mientras vertía el caldo en la boca de Dolly, masajeando su garganta de la forma en que había sido entrenado, para asegurarse de que tragara el líquido sin ahogarse. Cuando vació la taza, vertió el resto del líquido en la cantimplora casi vacía del sheriff para dárselo a Dolly más tarde. Empacó el campamento y cubrió las cenizas del pozo con arena. Ciertamente no quería iniciar un incendio de matorrales que ardiera a través de la hierba seca y los cedros a un ritmo alarmante y pudiera alertar a la gente sobre las tumbas que había cubierto la noche anterior.

Con los caballos empacados, Trace colocó a Dolly sobre su caballo frente a la silla de montar, se subió y suavemente colocó a Dolly en su regazo con las piernas colgando hacia un lado y la cabeza apoyada en su pecho izquierdo.

"Bueno, supongo que estamos listos para subir a la montaña", susurró en su brillante cabello rojo e instó a su montura hacia el estrecho sendero que subía la montaña y que conducía a su cabaña.

Dos horas después de su viaje, Dolly gimió y murmuró algo en su pecho. Con la esperanza de que Dolly se recuperara, Trace detuvo su caballo y estudió su rostro.

"¿Qué dijiste, Dolly? ¿Estás despertando? " Le dio unas palmaditas en la mejilla. "Por favor, despierta, cariño", imploró.

"Por favor, no dejes que me lastimen más", murmuró la chica, agarró su camisa y luego se acomodó en los brazos de Trace nuevamente.

"No lo haré", prometió Trace. "No dejaré que nadie te haga daño nunca más".

Estudió su respiración suave y decidió que ahora estaba durmiendo y no inconsciente por la herida en la cabeza. Trace continuó abrazándola mientras el caballo seguía el empinado sendero montaña arriba. Habían hecho el viaje juntos muchas veces y sospechaba que el animal conocía el camino sin su dirección, aunque llevaba el peso extra de Dolly y tenía a los otros caballos detrás del camino.

Trace se inclinó y palmeó el cuello del animal. Llévanos a casa, muchacho. Tenemos que asentar a esta joven ".

Tenían horas de cabalgar por delante y necesitarían pasar otra noche bajo las estrellas. Trace esperaba que el arroyo todavía tuviera agua para los caballos porque su cantimplora estaba casi seca. Dolly necesitaría agua nuevamente junto con el resto del caldo. Su estómago gruñó y Trace buscó en su mochila una tira de cecina. Mordió la carne ahumada y se llenó la boca. Tendría que hacerlo hasta que llegaran a la cabaña donde tenía un cerdo salvaje colgado en el ahumadero.

Dolly no sabía dónde estaba. Vagaba sin rumbo fijo por un paisaje oscuro. A veces oía una voz que creía reconocer pero que no podía ubicar. Temblaba de miedo y le dolía el cuerpo. ¿Cómo había llegado a este lugar? ¿Era este el infierno o el Purgatorio del que hablaban sus amigos católicos? ¿La había abandonado Dios por lo que había permitido que esos hombres le hicieran, por ser una puta?

Una vez más, Dolly sintió las manos sobre su cuerpo y vio la sonrisa lasciva del sheriff o la de Davis. ¿Cómo había llegado allí? ¿estaba durmiendo? ¿Era todo esto solo un mal sueño del que se despertaría? Dolly intentó despertarse. Tenía tantas ganas de despertarse en su habitación, tomar una taza de café y ver su cocina ordenada. Necesitaba despertar. Tenía tareas que hacer. Las gallinas necesitaban alimentación, el jardín necesitaba desyerbar y ella necesitaba hacer pan. Tenía que despertarse y hacer sus quehaceres o Martin se pondría furioso.

Debía estar despierta, pero ¿dónde estaba y cómo había llegado a este horrible y oscuro lugar? Parecía como si una tormenta de polvo o una fuerte lluvia hubieran tapado el sol. Pero, ¿por qué caminaba y adónde iba?

El dolor atravesó su cabeza y le dolía la mejilla. Dolly volvió a ver a Davis y sintió su furiosa bofetada. ¿Qué le sucedía? Escuchó la risa burlona del sheriff y sintió sus manos en su trasero mientras él … ella no quería pensar en ese dolor punzante de nuevo. Dolly volvió a oír la voz suave y reconfortante y extendió la mano en la oscuridad.

"Por favor, no dejes que me lastimen de nuevo", suplicó.

La voz dijo algo que Dolly no pudo entender del todo, pero sonó reconfortante y familiar, no la voz de Davis o del horrible sheriff. Dolly se permitió volver a sumergirse en la oscuridad, pero el miedo la había abandonado y se durmió.

6

Trace no podía creer la belleza de su cuerpo.

Cuando llegaron a la cabaña, Trace puso a Dolly en la cama. No se había vuelto a despertar, pero la herida de su cabeza había dejado de sangrar. Encendió fuego en la estufa y calentó un poco de agua. Lavó la sangre costrosa de la herida y volvió a cambiar el vendaje. El vestido de Dolly estaba hecho jirones y manchado de sangre. Decidió que la chica descansaría más tranquila.

Con manos temblorosas, Trace desabotonó el vestido y se lo quitó a Dolly. Su enagua apestaba a orina. Habían pasado tres días desde el accidente y él la había estado metiendo agua y caldo a la fuerza.

"Supongo que tenía que ir a alguna parte, eh". Trace le dijo a la chica dormida con una suave risa. "Será mejor que te las quite también y te limpie".

Trace desató el lazo de la cintura de la enagua de Dolly y le quitó la prenda manchada de orina por las caderas. Trató de evitar mirar el triángulo de cabello rojo oscuro entre sus muslos, pero resultó difícil con su almizcle femenino flotando hasta su nariz. Desabrochó los diminutos botones de su camisola y se asombró del tamaño de sus firmes pechos. Deslizó los magullados brazos de Dolly de la frágil prenda y la arrojó al suelo con la enagua.

Con agua tibia y un paño suave, Trace lavó el cuerpo de Dolly, permaneciendo en sus pechos. No había puesto las manos sobre el cuerpo de una mujer desnuda desde que Lucy había fallecido dos años antes. Le sorprendió que los pezones de la joven dormida se despertaran cuando les pasaba por encima con el paño. En contra de su mejor naturaleza, Trace tocó las duras protuberancias rosadas con sus dedos desnudos. Dolly gimió suavemente y él apartó la mano.

Sabiendo que se había mojado, Trace continuó por su cuerpo con el paño húmedo. La hizo rodar un poco y le limpió el trasero, estudiando los moretones que había dejado el sheriff. Sus dedos habían dejado una oscura evidencia de que la sostuvo mientras atacaba a Dolly por detrás. El odio por el hombre surgió a través del cuerpo de Trace mientras recordaba haberlo visto desde los cedros.

Trace separó sus piernas y usó el paño para limpiar entre los firmes y pálidos muslos de Dolly. Su almizcle lo excitó más allá de lo que le importaba y antes de que se diera cuenta, Trace encontró su dedo explorando los cálidos y húmedos pliegues de su vagina. Su miembro palpitaba de deseo y necesidad mientras pasaba su dedo índice hacia adentro y hacia afuera.

Contempló simplemente gatear encima de la chica inconsciente y tomar lo que otros ya tenían cuando su dedo chocó contra una barrera dentro de su vagina. Trace recordó esa misma barrera en Lucy en su noche de bodas: su virginidad. Sacó el dedo de Dolly avergonzado y se alejó tambaleándose de la cama. Se maldijo a sí mismo por no ser mejor que los muertos en el desierto.

Dolly todavía era virgen y él quería tomarla. Se reprendió a sí mismo por perder el control y hacer algo tan horrible con la joven que ya se había visto obligada a soportar tanto. El pene de Trace se marchitó en sus pantalones y su rostro ardía de vergüenza. Cubrió a Dolly con la vieja colcha que había hecho su madre cuando era niño y tiró el agua sucia del baño.

Al ver la ropa sucia en el suelo, Trace la recogió y la dejó caer en una tina de lavado. Sacó el agua de la olla del fuego y la vertió sobre ellos, añadió unas virutas de la pastilla de jabón y los dejó en remojo. Probablemente no sería capaz de sacar toda la sangre del vestido, pero haría lo mejor que pudiera. Dolly necesitaría algo para ponerse y aquí no tenía ropa de mujer. Había eliminado las pocas cosas de Lucy hacía algún tiempo.

Luego esa tarde, después de una larga siesta en su silla en el porche, Trace se ocupó de la ropa y la colgó en el tendedero para que se secara. Para la cena, cortó un poco de jamón del cuarto trasero del cerdo en el ahumadero y frio algunas de las patatas esponjosas del sótano. Todas tenían raíces que brotaban de ellas. Tal vez mañana limpiaría el terreno del jardín en el que Lucy usualmente plantaba. La extrañaba mucho.

Él y Lucy Poe se habían casado en Texas el año antes de que comenzara la guerra. Vivían con sus padres cuando Trace se alistó en la Confederación. Después de que terminó la batalla, Trace regresó a Texas para encontrar a Lucy sola y afligida. Sus padres habían muerto en una redada comanche de su pequeña granja mientras Lucy pasaba unos días con una amiga en Austin.

Trace había tomado a su esposa y se había dirigido a Arizona, donde había escuchado que se podían obtener buenas tierras para asentarse. Terminaron en el asentamiento vasco de Concho. Era pequeño y la gente era amigable. Aceptaron a los tejanos con entusiasmo y cuando se enteraron de la peletería de Trace, se encontraron en el negocio. Unos años más tarde, los mormones llegaron y compraron a los vascos, quienes se mudaron a California con sus ovejas.

Él y Lucy compraron la casa frente a la casa de los Stroud y Trace construyó su tienda de sillas de montar. Él y Lucy casi habían renunciado a tener un hijo después de varios años de intentarlo sin éxito. Luego, siete años después de su matrimonio, Lucy anunció que no había menstruado y pensó que estaba embarazada. El médico lo confirmó y pasaron los siguientes meses esperando y preparando la casa para un pequeño. Lucy cosió ropa de bebé y Trace arregló la habitación del ático como guardería.

Cuando a Lucy se le rompió la fuente una tarde mientras preparaba la cena, los dos estaban tan emocionados de tener la nueva vida en sus brazos. Desafortunadamente, después de diez horas de trabajo agotador, Lucy murió sin expulsar al niño. El médico le dijo a Trace que el niño simplemente había sido demasiado grande para que su pequeña esposa pudiera dar a luz.

Ese día había sido el final de la vida de Trace y rezó para morir y ser enterrado junto a su dulce Lucy y el bebé que nunca vería o sostendría en sus brazos. Lucy había sido enterrada con el niño todavía en su vientre hinchado.

Si no hubiera sido por las visitas casi diarias de Dolly, Trace estaba seguro de que se habría quitado la vida. Miró a la hermosa joven que dormía en su cama. ¿Podría soportar perderla también?

* * *

Dolly se despertó con el aroma del café y el sonido de algo chisporroteando en una sartén. Parpadeó y abrió los ojos, pero todo lo que vio fue oscuridad. Se llevó la mano a la cabeza palpitante y palpó un paño. Ella gimió y trató de sentarse. ¿Davis la tenía atada en algún lugar? Se dio cuenta de que no llevaba ropa debajo de la colcha que cubría su cuerpo.

"¿Dónde estoy?" murmuró más para sí misma que para cualquier otra persona que pudiera estar cerca.

"¿Dolly?" dijo una voz masculina. Una voz que sabía que debería reconocer. "¿Estás despierta?" Sintió una mano en su mejilla. ¿Cómo te sientes?

Dolly sintió un hormigueo urgente entre sus piernas. "Necesito el baño", dijo.

"Hay un orinal debajo de la cama", dijo la voz.

Trató de incorporarse, recordó su desnudez y se dejó caer sobre la almohada. "Necesito mi ropa".

"Oh, sí", dijo la voz con una suave risa. "Me olvide de eso. Estaban sucias por... eh —vaciló inquieto—, por el accidente las lavé. Están en la línea, pero me temo que el vestido está roto ".

Dolly arrugó la cara confundida. ¿Le había lavado la ropa? Martin, el único hombre con el que había tenido mucha experiencia, nunca habría lavado su ropa. Lavar la ropa era un trabajo de mujeres. La necesidad de orinar se volvía más urgente.

"¿Saldrías entonces? No quiero mojar la cama ".

"Está bien, sí, claro", dijo, y Dolly oyó que sus botas se alejaban por el suelo de madera. "La olla está justo debajo del borde de la cama debajo de ti", dijo antes de que ella escuchara la puerta abrirse y cerrarse.

Dolly esperó hasta que escuchó sus botas en el porche de afuera antes de tirar la manta. No estaba segura de quién era este hombre, y no podía confiar en que realmente hubiera salido después de abrir y cerrar la puerta. Dolly balanceó sus piernas rígidas por el borde de la cálida cama. Sus dedos de los pies tocaron el suelo y su cabeza comenzó a nadar. ¿Cuánto tiempo he estado durmiendo? Tenía las articulaciones rígidas y le dolían los músculos cuando se movía.

Esperó a que su cabeza se aclarara antes de deslizarse de la cama y ponerse en cuclillas. Palpó debajo de la cama hasta que su mano encontró el orinal esmaltado. La colocó debajo de ella y orinó un fuerte chorro con un gran suspiro de alivio. Ella juró que nada se había sentido tan bien.

Dolly devolvió la tapa a la olla y la deslizó debajo de la cama. Su vientre se tensó cuando regresó a la cama y se cubrió. El olor del café y la comida le hizo la boca agua. No tenía idea de cuánto tiempo había pasado desde que había comido.

Oyó abrirse la puerta. "¿Has terminado?"

"Sí", dijo, agarrando la colcha con fuerza debajo de la barbilla.

Dolly escuchó sus botas en el suelo. "Te traje tu ropa", le dijo mientras dejaba caer la ropa sobre sus pies, "pero como dije antes, el vestido necesitará ser arreglado antes de que puedas ponértelo".

"Está bien. Puedo ponerme la camisola y la enagua por el momento ". Se frotó la cabeza dolorida. "Si no te importa ver a una chica en ropa interior".

Él resopló. "Mi Lu ... mi esposa solía correr por la casa así todo el tiempo, especialmente en climas cálidos. Creo que la mayoría lo hace ". Ella lo oyó a él en la estufa. "¿Tienes hambre?"

"Hambrienta", admitió mientras su estómago gruñía.

"Iba a freír unas patatas para acompañar este jamón", le dijo. "Lo siento, no tengo huevos".

Dolly sonrió. "Está bien. El jamón y las patatas suenan maravillosos. No recuerdo cuándo comí por última vez ". Lo oyó cortar patatas y luego chisporrotearlas en la sartén. "Ese café también huele bien".

"Tengo un poco de azúcar aquí, pero no leche", dijo en tono de disculpa.

"Lo bebo negro", dijo Dolly. "Pero necesito vestirme antes de ir a la mesa".

"Oh, claro", dijo. "Pondré esta sartén en el calentador y saldré al porche mientras te vistes. Solo dame un grito cuando hayas terminado ".

Dolly lo escuchó colocar la sartén en la rejilla metálica para calentar encima de la estufa y salir. Cogió la ropa que tenía a los pies, buscó la ropa interior y se la puso. Se había vestido en la oscuridad antes, pero nunca pensó en lo difícil que era abrocharse la camisola sin sus ojos.

Pasó las manos por el vendaje de nuevo y sintió la tela doblada sobre el punto sensible sobre su oreja derecha. Debió haberse golpeado la cabeza con algo. Será mejor que no se quite el vendaje todavía.

Cuando se ató la enagua alrededor de la cintura, usó las manos para encontrar el camino hacia la puerta, evitando la estufa caliente. Dolly encontró el pestillo y lo levantó para abrir la puerta. Ella sonrió cuando sintió el calor del sol en su rostro y hombros. La suave brisa llevaba el aroma de los pinos y podía oír las ramas de los grandes árboles rozándose sobre su cabeza.

"¿Estamos en la montaña?"

"En mi cabaña de caza", dijo mientras se levantaba de una silla que se deslizaba por la tosca tabla de madera del porche. La tomó del brazo por el codo. "Regresemos, Dolly, así puedo terminar el desayuno. Yo también me muero de hambre ".

Las cosas todavía estaban revueltas en su cabeza y Dolly todavía no podía ubicar la voz del hombre, aunque sabía que debería hacerlo. No quería preguntar por miedo a avergonzarlo. Debía pensar que ella ya sabía quién era él. ¿A quién conocía que tenía una cabaña de caza en la montaña y por qué la trajo aquí? ¿Había sido uno de los hombres debajo de su ventana? ¿Ya la había usado porque pensó que era solo una puta? Las lágrimas le picaron en los ojos cuando el hombre la condujo a una silla y la ayudó a sentarse. Sus manos rozaron una mesa lisa.

Ella lo escuchó de nuevo en la estufa y unos minutos más tarde puso una taza frente a ella. "Aquí está su café negro, señora", dijo y le puso la mano en la taza. "Cuidado", advirtió, "está caliente".

Dolly añadió la otra mano a la taza de metal y se llevó los labios con dedos punzantes. Sopló el líquido caliente unas cuantas veces después de probarlo con la lengua. Ella tomó un sorbo tentativo y tragó. El líquido tibio que corría por su garganta hasta su vientre era sublime y rápidamente tomó otro.

"Esto es realmente bueno", le dijo. "Estaba deseando un café en mi sueño".

"¿Que recuerdas?" preguntó el hombre. Ella lo escucho girar las patatas en la sartén con algo de metal. "¿Recuerdas el accidente?"

Dolly tomó otro sorbo de café mientras buscaba en su memoria. ¿Accidente? ¿Qué tipo de accidente? De repente recordó el polvo, el carruaje rebotando por el desierto y el sheriff decapitado que se desplomaba sobre su caballo.

"Davis", jadeó. "No eres Davis. ¿Dónde está él?"

En una tumba junto a ese bastardo de Lucas en el desierto.

¿Lucas? Oh, Sheriff Lucas. Él había ayudado a Davis y Davis le había dejado agredirla. Dolly contuvo las lágrimas que le picaban los ojos. ¿Ambos estaban muertos ahora? Dolly no podía decir que eso la entristeciera. Entonces recordó el disparo y el sombrero del sheriff cayendo en el camino junto con su cuero cabelludo ensangrentado. Ella tocó el lado de su cara donde su sangre le había salpicado. Luego el caballo salió disparado y empujó el carruaje hacia los cedros. Davis le dijo que aguantara mientras él luchaba con las riendas del carruaje que rebotaba.

"El carruaje se volcó", dijo finalmente Dolly. "Todo lo que recuerdo después de eso son sueños oscuros ... y ..."

"¿Y?" preguntó mientras colocaba un plato de comida caliente frente a ella.

Y tu voz.

"Ahora estás a salvo, Dolly, así que come".

Dolly encontró un tenedor en el plato y hurgó en las patatas humeantes. El primer bocado le supo divino. Apenas masticaba antes de tragar. Su siguiente bocado fue de jamón salado y supo igual de bueno. Que masticaba, disfrutando de los jugos ahumados de la carne. Dolly tomó otro trago de café antes de tomar otro bocado. "Esto es tan bueno", murmuró entre bocados. "Gracias."

"Lo siento, no tengo pan para acompañarlo", dijo. "Iré a Vernon mañana por algunos suministros".

Dolly vació su plato. "Sin arrepentimiento. Esto es mara-villoso." Tomó otro sorbo de café y pasó una mano por el vendaje. "¿Supongo que me golpeé la cabeza cuando me caí del carruaje?"

"Tuviste suerte", dijo. "Davis se rompió el cuello".

"Oh, Dios", dijo Dolly con un suave suspiro, "pero realmente no puedo decir que lo siento después de lo que ese hombre dijo que había planeado para mí". Las lágrimas empezaron a empaparle los ojos cuando Dolly empezó a sollozar. Sus siguientes palabras fueron apenas reconocibles. "O lo que ya había hecho".

Apartó la silla de Dolly de la mesa y la tomó en sus fuertes brazos. "No pienses más en eso", le dijo.

Dolly empezó a relajarse. Le tomó la barbilla con la mano, le inclinó la cabeza hacia arriba y le besó la boca. Dolly nunca había sido besada así antes. Martin nunca había permitido que ninguno de los chicos u hombres de la ciudad la cortejara. Ella relajó los labios y respondió al beso permitiendo que su lengua penetrara en su boca.

Quería saber a quién estaba besando, extendió la mano y se quitó la tela de los ojos. La luz la encandilaba, pero necesitaba saber quién era este hombre. Ella se apartó del beso y jadeó. "¿Trace?"

Su cabeza se revolvió de nuevo y Dolly cayó en la oscuridad una vez más.

Trace la atrapó mientras ella se desplomaba en sus brazos. "¿Fue mi beso realmente tan malo, Dolly?

7

Dolly se despertó en una cabaña vacía. ¿Dónde estaba Trace?

Dolly se frotó los ojos secos antes de meterse en la cama y mirar alrededor de la cabaña de una habitación. ¿Había sido realmente Trace Anderson el hombre que la salvó? Se bajó de la cama y se puso en cuclillas para encontrar el orinal de nuevo. Dolly miró alrededor de la cabaña en penumbra y se preguntó dónde estaría ahora el hombre.

Las lágrimas le picaron los ojos de nuevo cuando pensó en la multitud de hombres burlones debajo de su ventana. ¿Trace había sido uno de ellos? Recordó la condición en la que se encontraba cuando se despertó por primera vez. ¿Había tomado un turno con ella mientras estaba inconsciente? ¿Trace era ese tipo de hombre? Dolly no creía que lo fuera.

Trace había asistido a la Iglesia Bautista todos los domingos. Las lágrimas se deslizaron por su rostro. Había asistido a la misma iglesia todos los domingos, pero ahora no era mejor que una puta. ¿Por qué debería esperar que él no actuara como un abusador cuando tenía una prostituta en su cama? Ahora sabía por qué no la había llevado de regreso a casa en Concho. No había querido que lo vieran llevándola a casa de su hermano.

Dolly se secó las lágrimas de las mejillas y respiró hondo y limpio. No había ninguna razón para pensar en eso ahora. Movió los ojos por la pequeña cabaña. Las paredes estaban construidas con troncos cortados con grietas entre ellos para protegerse del frío. Vio tres ventanas. Una había sido colocada en la pared junto a la cama y los otros a ambos lados de la puerta ancha. Las cortinas de cuadros rojos delataban el toque de Lucy aquí. La puerta se había construido con tablas de pino con tablas en forma de Z que las unían. El suelo era de tablones de pino y estaba lijado.

En la pared frente a la cama había un armario alto hecho con tablas de cedro. Tenía dos puertas y debajo de ellas, dos cajones profundos. En la misma pared que el armario había un lavabo con una jarra y un cuenco de metal esmaltado. Paños de lino colgados de ganchos, uno para lavar y otro para secar. Entre una de las ventanas y la puerta había un perchero en el pasillo con una chaqueta colgando de uno de los ganchos. La estufa, que también debía ser la fuente de calor de la cabina, ya que no había chimenea, estaba en la misma pared que el cabecero de la cama. Un fregadero seco y una caja fuerte para pasteles estaban juntos entre la estufa y la pared con la puerta donde vio dos sillas con una mesa entre ellas para un pequeño salón. La mesa de tablones y las sillas donde habían desayunado estaban más o menos en el centro de la cabaña. Dolly notó que Trace había llenado un frasco de vidrio con agua y flores silvestres y lo había colocado en el centro de la mesa. ¿Había hecho eso por ella?

Dolly se dio cuenta de que el lugar no había recibido la atención de una mujer desde que Lucy murió. Las cortinas colgaban de polvo, el vidrio de la ventana estaba manchado, la parte superior de la estufa estaba grasienta y de las vigas colgaban telarañas. Sabía cómo estaría ocupando sus días durante un tiempo.

Dolly se acercó al armario y lo abrió. Vio camisas de hombre y una chaqueta de lana gris. Los botones de latón en la manga estaban estampados con la insignia de la Confederación. ¿Sabía que Trace había acudido por el sur en la guerra? Sintiéndose culpable por espiar, Dolly cerró el armario y fue al fregadero seco donde Trace había apilado los platos del desayuno.

Vertió agua de un cubo en una sartén y la puso en la estufa. Lo mínimo que podía hacer era lavar los platos. Después de secar y guardar los platos y tazas. Dolly encontró un poco de harina en un recipiente en la caja fuerte para pasteles, latas de polvos para hornear y un tazón. Utilizó la grasa de tocino del desayuno y preparó un lote de galletas. Tuvo que usar agua en lugar de leche, pero pensó que todo saldría bien.

Mientras Dolly los sacaba del horno, Trace entró con su rifle al hombro y un conejo desollado en la mano.

"¿Hiciste galletas?" preguntó con los ojos muy abiertos. "Espero que hayas tamizado esa harina. Probablemente estaba llena de gorgojos ". Él sonrió. "No he comprado productos frescos en un tiempo".

"Lo hice", admitió. "¿Quieres ese conejo frito? Si lo haces, necesitaré un poco de manteca. Usé toda la grasa de tocino de las galletas ".

"Tengo una gran olla de manteca que saqué de ese cerdo en el sótano. También puede haber algo de mantequilla si no se ha puesto rancia ".

Dolly sonrió. "¿Tienes alguna verdura escondida en ese sótano?"

Trace le entregó a Dolly el conejo desollado. "Iré a ver qué queda. Por lo general, vengo aquí y planeo un jardín, pero desde que Lucy falleció no ha sido lo mismo. Ella hacía enlatado y encurtido ". Trace se encogió de hombros. "Tiendo a comer en The Outpost si quiero una comida caliente ahora".

The Outpost era el único restaurante de Concho. Dolly había comido allí con sus padres cuando era niña, pero desde su muerte, Martin la había mantenido confinada en la casa, cocinando sus comidas. Ni una sola vez en los últimos diez años la había llevado a comer. Había asistido a algunos picnics y comidas compartidas en la iglesia, pero eso había sido todo. Él, por otro lado, comía en restaurantes y salones todo el tiempo, dejando a Dolly en casa con una cena completa preparada y esperándolo.

Trace regresó del sótano con una vasija de manteca blanca cremosa, una mucho más pequeña de mantequilla que no estaba rancia y una canasta llena de esponjosas zanahorias y patatas.

"¿Puedes trabajar con eso?" preguntó.

Dolly estaba junto al fregadero seco, cortando el conejo. "De hecho, puedo", dijo con una sonrisa.

"Te dejo a ti entonces. Voy a darle la vuelta al jardín. Esas papas deben enterrarse antes de que la temporada avance demasiado.

Dolly apartó los trozos de conejo y peló las zanahorias y las patatas. Los puso en cacerolas separadas con agua y los puso a hervir en la estufa. Dolly espolvoreó el conejo con harina, un poco de ajo machacado que encontró en el gabinete y sal después de haber echado manteca de cerdo en la sartén profunda y la puso en la estufa. Una hora más tarde, llamó a Trace para una comida de conejo frito, puré de papas con salsa, zanahorias y galletas.

"Maldita sea, esto se ve bien", jadeó cuando vio la mesa puesta con todo lo que Dolly había preparado.

Trace llenó su plato, untó con mantequilla dos galletas calientes y comió. Levantó un trozo de conejo. "¿Cómo se hace así crujiente?"

Dolly sonrió cuando Trace mordió la carne crujiente. "Es un truco especial que mi mamá me enseñó cuando era niña. Tienes que enrollarlo en la harina, sumergirlo en leche ... o agua, y luego enrollarlo nuevamente en la harina ".

Trace sonrió y negó con la cabeza mientras masticaba. —Desearía que tu mamá hubiera estado presente para enseñarle a Lucy ese truco. Nunca lograría que su pollo saliera así. Por lo general, se pegaba a la sartén o se quemaba ".

"Se necesita algo de práctica. Come tantas galletas como quieras. Ya preparé un poco de guarnición para el desayuno ". Dolly echó un poco de salsa sobre sus patatas.

"Me pondría gordo como una garrapata de verano, comiendo así todos los días". Trace sonrió. "Tu mamá se habría sentido orgullosa".

El rostro de Dolly se ensombreció al pensar en su mamá y lo que había sucedido con Davis. "Lo dudo seriamente. Mi mamá era una mujer cristiana devota y no estaría orgullosa de lo que se ha convertido su hija ". Cerró los ojos con fuerza para evitar más lágrimas.

Trace se acercó y tomó la mano de Dolly. "Nada de lo que pasó fue obra tuya, Dolly". Dio un mordisco a la zanahoria y masticó. "¿Por qué te fuiste con ese personaje de Davis de todos modos?"

"Tenía que hacerlo", dijo, "o el sheriff iba a enviar a Martin a prisión".

Trace arqueó la ceja. "¿Por qué el alguacil enviaría a tu hermano a prisión y qué tenía que ver Davis con eso?"

"Compró toda la deuda de Martin", explicó Dolly, "y amenazó con expulsar a Martin de la casa y enviarlo a prisión por no pagar sus deudas". Dolly tragó un poco de agua. "Dijo que perdonaría todas las deudas de Martin si aceptaba dejarme ir con él a su burdel en San Francisco".

El rostro de Trace se había puesto rojo brillante. "¿Y tú inútil hermano, ningún buen hermano estaría de acuerdo con eso?"

"No tenía otra opción", dijo Dolly encogiéndose de hombros. "Fue acuerdo o prisión. A Martin no le habría ido muy bien en prisión, Trace. No podía permitir que eso le sucediera después de todo lo que ha sacrificado por mí desde que mamá y papá murieron ".

Trace resopló. "Martin Stroud no ha sacrificado nada y no ha trabajado ni un día de su vida". Trace apretó la mano de Dolly de nuevo. "Conocí a tu papá, Dolly. Era un hombre ahorrativo y un gran trabajador. Puso cada centavo que pudo en el banco y cuando murió, tenía una suma bastante buena allí y la casa estaba pagada. Todo fue para ti y Martin después de su muerte, y Martin lo desperdició todo en juegos de azar, alcohol y mujeres ". Trace miró a Dolly a través de la mesa. "¿lo sabias?"

"Martin hipotecó la casa", murmuró Dolly, "y no queda dinero en el banco".

Trace negó con la cabeza. Seguro que no lo gastó en el mantenimiento de tu casa. ¿Cuándo fue la última vez que le puso pintura nueva? "

Dolly pensó en la pintura azul descolorida y desconchada de la casa que alguna vez pensó que era la más bonita de la ciudad y frunció el ceño. "Le supliqué que pintara la casa y la devolviera a la forma en que mamá estaba orgullosa, pero él siempre decía que no tenemos dinero para un pintor".

"Y, por supuesto, es demasiado vago para comprar la pintura y hacerlo él mismo", dijo Trace con un bufido.

Dolly frunció el ceño con una sonrisa en su rostro. "Odiaría ver cómo resultaría eso. Probablemente terminaríamos con una casa blanca adornada en azul y todo el vidrio de la ventana pintado ". Ella se rio mientras lo imaginaba en su mente.

"Es bueno verte sonreír de nuevo, Dolly". Trace volvió a tomar su mano. "Tienes una hermosa sonrisa."

Dolly sintió que sus mejillas comenzaban a arder. Su mano sobre la de ella se sintió bien. Ningún hombre le había dado un complido como ese antes. "Gracias, Trace". Su mente se quedó en blanco. ¿Qué debería decirle? ¿Darle un complido a su sonrisa? Eso sonó tonto.

Dolly buscó a tientas algo que decir. Hoy vi tu chaqueta gris en el armario. Nunca supe que peleaste en la guerra, por el Sur ".

La cara de Trace se oscureció un poco. "Yo era tejano", le dijo, "y no se llega mucho más al sur que Texas en este país. ¿Cuáles fueron tus simpatías? preguntó inquieto.

"Venimos de Kentucky", respondió Dolly, "y la guerra fue la razón por la que vinimos a Arizona. Las condolencias de papá estaban con la Unión. Pensaba que era terrible que el país estuviera siendo destrozado por unos pocos exaltados en Alabama ". Respiró hondo antes de continuar. "Se puso del lado de los republicanos en el estado y quería unirse a los unionistas, pero mamá no quería vernos en una guerra en absoluto e insistió en que fuéramos al oeste, donde no había miedo de que la guerra llegara". Estudió el rostro de Trace mientras él digería sus palabras y vaciaba su taza. Llevó ambas tazas al fuego y las volvió a llenar. "¿Es usted un simpatizante de la esclavitud?" finalmente hizo la pregunta que la había atormentado desde que reconoció esos botones de latón en la chaqueta. "Papá nunca usaría a otro humano de esa manera".

Trace sonrió. "Me imagino que Martin tenía pensamientos en la otra dirección. Te ha estado usando como su sirviente privado desde que tengo memoria.

Dolly dejó la taza de café recién hecha frente a él, se encogió de hombros, pero no dijo nada más. Podía ver cómo él podría pensar eso, pero pensó que se lo debía a su hermano y debía cuidar de la casa y de él. ¿Por qué había pensado eso? ¿Era un hecho o era porque Martin siempre le había dicho que se lo debía?

Trace interrumpió su pensamiento. "La esclavitud no fue realmente la razón de la guerra", le dijo en un tono autoritario, "bueno, lo fue, pero no cómo estás pensando". Se aclaró la garganta, tomó un sorbo de café y luego continuó. "Se trataba más de los derechos de los estados", explicó. "Todos los estados del sur habían ratificado el tema de la esclavitud. Todos los votantes lo habían aprobado y era una ley reconocida en el país".

"Una ley reprensible", se atragantó Dolly.

"Pero una ley de todos modos. La Confederación creía que Lincoln y su Congreso en Washington DC tenían derecho a anular y prohibir las prácticas de un estado individual cuando su gente había votado y aprobado dichas prácticas".

"Bueno", bromeó Dolly, "Ciertamente no todas las personas, ¿o eres de los que creen que los africanos no son personas en absoluto, sino más como simios que como humanos?"

"Por supuesto que no", dijo Trace con los ojos muy abiertos. Simplemente estaba tratando de explicar que la verdadera disputa no era la esclavitud en sí, sino los derechos de los estados a decidir si querían permitirla dentro de sus fronteras o no ". Tomó otro sorbo de café. "Y no, ni mi familia ni yo tuvimos esclavos. Papá tenía algunos hombres a sueldo que habían huido a Texas y una vez habían sido esclavos, pero les pagó como cualquier otra mano en el rancho ".

Dolly sonrió. "Es bueno saberlo."

Trace se metió el último bocado de galleta en la boca. "Si las discusiones políticas han terminado por la noche", dijo con una sonrisa, "creo que llevaré mi petate al establo y me acostaré por la noche". Se puso de pie, se inclinó y besó la cabeza de Dolly. "Planeo viajar a Vernon por la mañana en busca de suministros. ¿Hay algo que necesites? "

"¿Tienes aguja e hilo aquí en alguna parte? Me gustaría intentar arreglar mi vestido ".

"¿Se puede arreglar esa cosa?" preguntó con una ceja levantada. "Creo que hay una pequeña canasta de mimbre en el estante del armario", dijo. "Era de Lucy y probablemente está empujado hacia atrás".

Dolly sonrió. "Será mejor que se pueda arreglar a menos que tengas tres metros de tela de vestir escondidas por aquí en alguna parte, para que pueda hacer uno". Hizo un gesto hacia su camisola y enagua. "Es lo único que tengo que ponerme".

Trace le sonrió a Dolly. Estoy seguro de que el cesto de costura está en el armario. Si piensas en algo más que necesites, puedes decírmelo en el desayuno ". Abrió la puerta y salió al crepúsculo.

Dolly se quedó mirando la mesa llena de platos sucios. Ella le había preparado una gran comida y él ni siquiera le había preguntado si podía ayudarla a limpiar. ¿Era realmente tan diferente de Martin o de cualquier otro hombre?

Se levantó y recogió la mesa. Ella sonrió ante los cuencos y platos vacíos. Trace los había vaciado a todos.

Cuando Dolly terminó de lavar y secar todos los platos, estaba demasiado oscuro en la cabaña para buscar el cesto de costura de Lucy. Ese sería un trabajo que dejaría para mañana. Estaba cansada y le dolía la cabeza. Dolly hizo sus necesidades y se metió en la cómoda cama doble. Se preguntó por un minuto cómo se sentiría tener al gran hombre acostado a su lado. ¿Era correcto que él durmiera afuera en el establo mientras ella tomaba su cama?

Se quedó dormida pensando en su beso esa mañana.

8

———

Trace se despertó rígido y dolorido en el desván del establo, abarrotado de más caballos para los que estaba construido.

Se había quedado dormido casi tan pronto como recostó la cabeza después de un día trabajando en el jardín y la increíble cena de Dolly. Nunca imaginó que la chica podría haber hecho tanto con tan poco para trabajar. Él sonrió y se preguntó qué podría haber hecho ella con más. Lucy había sido una cocinera decente y se las había arreglado para mantener su estómago lleno, pero Trace no creía que ella pudiera haber estado cerca de hacer lo que Dolly había hecho anoche.

Después de alimentar a los caballos, Trace fue a la cabaña y el aroma del tocino lo recibió en la puerta. No esperaba que ella se levantara todavía, y mucho menos que tuviera el desayuno.

"Buenos días", dijo mientras entraba en la cabaña donde Dolly ya tenía la mesa puesta y se paró frente a la estufa, colocando tocino en un plato.

"Buenos días", saludó Dolly en un tono alegre. "Espero que hayas dormido bien ahí fuera".

"Bastante bien", le dijo mientras vertía agua en el lavabo.

Dolly se volvió hacia la estufa cuando Trace se quitó la camisa y comenzó a lavarse.

"No tenemos huevos ni leche", dijo, "pero de todos modos estoy preparando algunos panqueques para el desayuno".

Trace sonrió. Los panqueques hechos sin huevos o leche estaban destinados a ser tan planos y duros como uno de los neumáticos de carruaje del Sr. Goodyear.

"Si buscas algo de levadura y harina fresca", dijo Dolly, "haré un poco de pan fresco".

"El pan de levadura estaría bien. Lucy siempre hacía masa madre ".

"Puedo preparar un entrante para masa madre, si lo prefieres", dijo Dolly.

"La levadura está bien", dijo Trace mientras deslizaba una navaja sobre su mejilla. "En realidad es lo que prefiero. Mi mamá lo hacía con levadura ".

"Mamá me enseñó en ambas formas", le dijo Dolly, "pero el entrante de masa madre está muy bien".

Trace se enjuagó la cara y se la secó. "¿Encontraste la canasta de costura de Lucy?"

"No he mirado todavía". Dolly puso un plato de panqueques y tocino crujiente sobre la mesa. Sin embargo, encontré el lado de tocino en el ahumadero", dijo con una sonrisa.

"No esperaba que me hicieras el desayuno", le dijo Trace.

Dolly se encogió de hombros. "Tenía hambre y ciertamente no iba a cocinar solo para mí". Llenó su taza de café y dejó la tetera sobre la mesa. "Puse un poco de tocino entre esas galletas para que te lo lleves en tu viaje a Vernon. No sé qué tan lejos está de aquí o cuánto tiempo te tomará llegar allí ". Dolly sonrió. "Pensé que podría necesitar algo para comer en el camino o de regreso".

"Tomará unas buenas tres horas llegar desde aquí", dijo Trace. Me temo que las compras son un asunto de todo el día en la montaña. Probablemente no volveré hasta bien entrada esta tarde en algún momento. " Trace untó la mantequilla en sus cálidos panqueques, sorprendido de que haya logrado hacerlos ligeros y esponjosos. Algunas mujeres eran como magas en una cocina. Dolly debe ser una de las que tienen esa magia.

"No pude encontrar ningún almíbar", dijo Dolly mientras untaba algo rojo en sus panqueques, "pero encontré una vasija de confituras de frambuesa". Empujó la vasija a través de la mesa hacia Trace, quien hizo lo mismo.

"Puede que haya una lata de almíbar en el sótano".

"¿Dónde está eso?" preguntó antes de probar su café. "Quiero ver con qué tengo que trabajar para la cena de esta noche".

Trace señaló con la cabeza hacia la pared con el armario y el lavabo. "Por ese camino entre la cabaña y el establo". Él sonrió. "Eres más que bienvenida para hacer una inspección de todo el lugar. La letrina está en la parte de atrás hacía el bosque". Asintió con la cabeza hacia la cama.

"Bueno. Necesito vaciar mi orinal ". Dolly arrugó la nariz de una manera desagradable.

"Puedo hacer eso antes de irme", ofreció Trace con entusiasmo.

"Es mi desastre", le dijo Dolly, "y lo limpiaré. ¿De dónde sacas el agua fresca?

Trace asintió de nuevo hacia la pared con el armario.

"Hay agua en los barriles de lluvia alrededor de la cabaña y hay un arroyo alimentado por un manantial detrás del establo a unos cientos de metros. Sigue el camino, pero ten cuidado con las rocas. A veces hay serpientes tomando el sol allí ".

Dolly frunció el ceño. "Lo tendré en cuenta y primero usaré el agua de los barriles".

Trace arqueó una ceja roja. "¿Qué tienes exactamente en mente para hoy? Pensé que ibas a coser tu vestido ".

"Lo estoy", dijo, "pero primero voy a lavar los platos y luego limpiar este piso sucio. ¿Dónde guardas la escoba y el trapeador?

Trace le dio una sonrisa incómoda. "Escondido entre el armario y la pared, para no tener que verlos y recordar que debería estar usando uno o el otro".

Dolly echó un vistazo al suelo sucio con polvo en las esquinas. "O ambos".

Trace se metió el último de sus panqueques en la boca seguido del último café, sonrió y se puso de pie. "Será mejor que me vaya". Es un viaje largo y me temo que hoy va a hacer calor ".

Dolly fue a la estufa donde sacó un saco de estopilla y se lo llevó a Trace. "Aquí está tu almuerzo".

"Gracias, Dolly, eso es tan amable". Él tomó el saco de su mano, la agarró por la muñeca y la acercó más. Le tomó la barbilla, le inclinó la cabeza hacia arriba y volvió a besarle la boca.

La sintió relajarse y abrirse a su beso. Sus labios eran cálidos y suaves. Sabía a café endulzado por la mermelada de frambuesa en sus panqueques. Levantó los brazos y envolvió sus manos alrededor de su cabeza, entrelazando sus dedos en el cabello en la base de su cráneo.

Trace sintió que su pene comenzaba a ponerse rígido y palpitaba de deseo por la mujer bonita en sus brazos. Comenzó a pasar la mano arriba y abajo por la espalda de Dolly. Anhelaba tocar su piel sedosa de nuevo y encontró la parte de abajo de su camisola. Ella se estremeció cuando su mano se aventuró dentro para tocar su espalda y él se apartó avergonzado por su audacia inapropiada.

"Lo siento", jadeó y salió furioso de la cabaña.

Bueno, al menos ese beso no la había aturdido tanto, ella se estremeció. Su pene había dejado de latir, Trace ensilló su caballo y cabalgó hacia Vernon. ¿Le había gustado el beso? ¿La había conmovido de la misma manera que lo había conmovido a él? Trace estaba seguro de que lo había hecho. Había sentido sus pezones endurecerse contra su pecho a través de la fina tela de su camisola. No había querido nada más en el mundo que levantar a la mujer en sus brazos y llevarla a la cama. Anhelaba saborear más que su boca. ¿Lo habría permitido de la manera en que permitió que los demás la violaran? Las imágenes de Dolly siendo usada como una puta continuaban preocupando a Trace. Si ella fuera una puta, lo dejaría entrar por sus piernas sin ningún escándalo y si se enfadaba, él sabría qué, ella no era. Trace resolvió poner a prueba esa teoría esa noche.

Las preguntas sobre la respuesta de Dolly a su beso lo atormentaron mientras pasaba por la granja de Helga Stynegaard, una anciana noruega que algunos consideraban una bruja debido a sus formas extrañas y sus hierbas medicinales. A Trace siempre le había agradado su esposo, Fredrick, aunque el anciano dejaba que su esposa le diera órdenes. Trace les compraba leche cuando estaba en la montaña y conseguiría un poco para Dolly en su camino de regreso a la cabaña.

Pensó en los labios de Dolly todo el camino hasta el pequeño campamento maderero de Vernon, donde un edificio de madera de dos pisos albergaba el Stanford Mercantile, un negocio que suministraba bienes a los colonos y madereros locales. También habían perforado un pozo profundo que había tenido buena agua y los Stanford llenaban barriles para las familias a un precio mínimo.

Dentro del edificio, Thelma Stanford saludó a Trace con una cálida sonrisa y un abrazo. "¿En qué puedo ayudarte hoy, Trace? Es muy bueno verte de nuevo. ¿Estás listo para el verano?

La pregunta provocó cierta ansiedad en Trace. ¿Estaba él con ella para el verano o aquí para siempre? ¿Podría volver alguna vez a Concho y preocuparse por ser acusado de asesinar al sheriff Lucas?

Dolly nunca podría regresar a esa ciudad donde estaba seguro de que ya la habían tildado de puta. ¿Podría arriesgarse a dejarla sola en la montaña?

Nunca sería capaz de soportar el duro invierno en la montaña, donde la nieve podía contarse en pies algunos años en lugar de en pulgadas y las temperaturas podían bajar muy por debajo de cero.

Trace sonrió. "El verano seguro. Necesitaré un pedido bastante grande hoy ".

"¿Trajiste marroquinería para comerciar este año?" Preguntó Thelma con una sonrisa. "Siempre podemos usar bridas y correas de arnés".

Trace generalmente traía consigo un suministro de artículos de cuero para usar como artículos comerciales durante el verano. "No este año, me temo. El viaje fue bastante apresurado este año ".

"¿Efectivo o a cuenta entonces?" preguntó la mujer con su sonrisa desvaneciéndose.

Trace sintió el peso del saco de monedas de cuero que había encontrado en el cuerpo de Davis antes de enterrarlo. "Plata, señora. No aguanto mucho con poner cosas en cuenta ".

El rostro de Thelma se iluminó de nuevo. "¿Tiene su lista escrita o la ha memorizado?"

* * *

Dolly comenzó su día, después del beso de Trace, con los platos. Después de lavarlos y secarlos, limpió el suelo. La cabaña presentaba dos grandes alfombras trenzadas, una en el piso del salón y otra en la cocina. Otra alfombra ovalada más pequeña corría a lo largo de la cama. Todas estaban cargadas de tierra arenosa. Las arrastró hasta el porche y los colocó sobre la barandilla para golpearlos más tarde.

Dolly encontró la escoba y el trapeador donde Trace le había dicho que estarían. Barrió las tablas de pino lo mejor que pudo, usó la escoba para derribar las telarañas de las vigas y volvió a barrer. Limpió el piso con el agua que quedaba en la bandeja de lavado de sus platos y tiró el agua marrón desagradable cuando terminó y volvió a llenar la bandeja con agua limpia para enjuagar el piso.

Dolly abrió todas las ventanas para dejar entrar la brisa mientras barría el porche y golpeaba las pobres alfombras. Tras un estudio más detenido, pudo decir que estaban hechas de tela colorida, pero ahora estaban sucias y marrones. Pensó que las colgaría sobre el tendedero la próxima vez que lloviera para ver si limpiaba algo de su suciedad.

Se sentía bien estar ocupada, pero su mente zumbó con ese beso. Trató de no pensar en ello, pero le roía el cerebro como un ratón sobre un trozo de queso. Este beso la había inflamado como nada que pudiera haber imaginado. Había leído sobre ese tipo de cosas en las novelas románticas que compraba en la botica, pero nunca pensó en experimentarlo. Sus pezones habían latido tan bien como ese pequeño punto sobre su vagina. ¿Qué significaba? En sus novelas siempre significaba que la heroína estaba enamorada y dispuesta a entregarse al hombre. Después de lo que había pasado con Davis, Dolly no sabía si alguna vez sería capaz de tolerar el toque de un hombre en su piel de nuevo. Solo mira cómo se había alejado de la mano de Trace en su espalda. Lo había asustado y Dolly dudaba que alguna vez quisiera tocarla o besarla de nuevo.

* * *

El irlandés salió furioso del lugar de Crane con el ceño fruncido. Le había entregado a Greta al hombre que solo quería darle cinco dólares por la puta vieja y gastada. Davis había exigido diez, pero se habían decidido por ocho y una botella de whisky irlandés de primera calidad. Davis no necesitaba saber sobre el whisky o que no había recibido los diez dólares completos. Tenía muchas ganas de quedarse y ver lo que venía Greta, pero Crane le dijo que el evento no se llevaría a cabo durante al menos dos semanas.

Las putas en el carruaje estaban calladas para variar. Ninguna de ellas quería ser la próxima en entregarse a Crane. "¿Alguna noticia de Davis?" Pauly preguntó, mientras salía del vagón donde probablemente le habían chupado la polla de nuevo. La polla del hombre nunca estaba satisfecha.

El irlandés negó con la cabeza. "Le telegrafié en San Francisco desde Denver y le dije que respondiera aquí, pero Crane no había escuchado nada".

"¿Crees que le pasó algo en Arizona que le hizo perder el

tren?" Pauly sonrió. "Tal vez cambió de opinión acerca de la pelirroja y está escondido con ella en algún lugar chupando esos grandes pechos y acariciándola con su polla en su bonita y pequeña vagina".

El irlandés sonrió. Había fantaseado con hacerlo él mismo, pero conocía a Davis. El coño virgen de la puta valía cientos para él en Bainbridge House, y el codicioso bastardo no estaría dispuesto a dejarlo pasar por un golpe que podría tener por nada una vez que uno de sus pervertidos clientes la desfloraran en el teatro y se convertirse en una prostituta ganadora en su burdel.

"Tengo que admitir, Pauly, muchacho", dijo el irlandés con una palmada en la espalda del otro hombre, "que estoy ansioso por plantar mi polla irlandesa en los agujeros de esa pelirroja, pero, ay, tendrá que esperar hasta que ella sea usada en Bainbridge House por un año o dos ".

Pauly frunció el ceño. "Tal vez nos encontremos con algo más. Vi a una dulce y pequeña chica mexicana que me hubiera gustado entrenar mientras estábamos en Arizona ". Echó un vistazo al carro. "Me estoy cansando de todo esto".

"Tal vez la busquemos", dijo el irlandés con una sonrisa. "Necesitamos regresar por ese camino y ver si podemos averiguar qué ha sido de nuestro Sr. Davis y su pequeña zorra pelirroja". Davis miró el carro. "Enganchas a los caballos mientras yo escurro mi comadreja en la pequeña Bella".

Pauly sonrió. Elige otra. Acabo de llenar a Bella y no quieres sobrealimentar a ninguno de ellos ".

El irlandés se echó a reír mientras se acercaba al carruaje. Tal vez le daría una o dos caricias a las once vaginas y elegiría a la que suplicara mejor para llenarle su boca. Su polla se puso rígida ante el pensamiento. Le encantaba escuchar a las perras suplicar y no podía esperar a tener a esa pelirroja de rodillas frente a él nuevamente. Su boca, con las lágrimas rodando por sus mejillas, había sido tan dulce. Había necesitado todo su control para contenerlo hasta que ese sucio sheriff había disparado su carga en el pequeño culo apretado de la puta llorosa. Iba a disfrutar tenerla en su carruaje una vez que Davis hubiera terminado con ella.

9

Trace regresó tarde esa noche con su caballo cargado de sorpresas.

Dolly tiene una cena preparada para igualar la de la noche anterior. Había cortado un asado del cerdo en el ahumadero y lo había horneado con patatas, cebollas y zanahorias que había recogido del sótano para hacer una salsa ahumada y sabrosa. También había horneado un pastel con las manzanas arrugadas que había encontrado.

Mientras ella ponía el banquete en la mesa, Trace llevó lo que él había llevado a casa. Dolly se emocionó al ver un saco de harina, otro de harina de maíz, dos conos de azúcar morena, una pastilla de jabón fresca, latas de levadura y otros polvos para hornear, una caja con dos docenas de huevos, una bolsa de papas más frescas y algunos pollos.

"Esto es asombroso," Dolly jadeó cuando lo vio todo.

Trace sonrió ante su amplia sonrisa. "Solo espera hasta que veas el resto".

Sus ojos azules se agrandaron. "¿Hay más?"

"Vamos a comer primero", dijo, mirando a la mesa. "Me muero de hambre, y esto es lo que se ve increíble".

Trace tomó su cubierto y comenzó a llenar su plato. "¿Dónde diablos encontraste verduras frescas?" preguntó mientras recogía las tiernas hojas que Dolly había marchitado con tocino caliente y vinagre. Se metió un tenedor en la boca y masticó. "Oh, mi señor", suspiró con satisfacción mientras masticaba, "¿cebollas silvestres también?"

Las mejillas de Dolly se sonrojaron. "Los encontré junto al arroyo. ¿hay un matorral de ciruelos silvestres ahí abajo?

Trace asintió con la cabeza mientras servía la salsa fina y marrón sobre la carne y las patatas. "Sí, Lucy solía hacer mantequilla de ciruela con ellos todos los veranos. ¿Ya viste algunos verdes? "

"Las ramas están cargadas de ellos".

"No son demasiado grandes", le dijo, "pero son sabrosos".

"Estoy deseando probarlos". Dolly bebió un sorbo de agua de su taza. "¿Cómo estuvo el viaje?"

"Largo y caliente", dijo Trace, poniendo los ojos en blanco. "Nunca lo hubiera logrado sin esas galletas que me preparaste".

Las mejillas de Dolly se sonrojaron de nuevo. "Lo recordaré para el próximo viaje". Se llenó la boca de verduras. "Entonces, ¿qué más encontraste?" preguntó como una niña que ha estado esperando todo el día para abrir un regalo.

Trace no imaginaba que su inútil hermano, Martin, hubiera sido del tipo generoso. Probablemente Dolly no había recibido un regalo desde que sus padres se habían muerto, hace diez años. ¿Estaba siendo cruel al hacerla esperar mientras llenaba su estómago?

"Me detuve en la granja de Snydergaard al final de la carretera y pedí algunas cosas. Fredrick los traerá en su carreta por la mañana ". Trace vio cómo su sonrisa se desvanecía un poco. "¿Puedes esperar tanto tiempo?"

Dolly respiró hondo y sonrió. "Supongo que tendré que hacerlo, ¿no es así?"

Terminaron su comida en una charla. Cuando sus platos se vaciaron junto con los cuencos, Dolly se levantó. "También tengo una pequeña sorpresa para ti", dijo con una sonrisa traviesa y caminó hacia la estufa.

Trace vació su taza de café. *¿Qué más podría tener para sorprenderme después de una comida tan buena?*

Dolly regresó con un pastel en las manos y la boca de Trace se abrió. "¿Hiciste un maldito pastel?" jadeó. "¿Con que?"

"Encontré algunas manzanas marchitas en el sótano", le dijo mientras cortaba el pastel. "Estaban demasiado blandas para comerlas directamente, pero estaban bien para un pastel, y encontré algunas latas de especias para hornear en el gabinete".

Trace le tendió el plato a Dolly para que le pusiera la rebanada de pastel. "Esos eran de Lucy y muy viejos", dijo, "pero me alegro de no haberlos tirado nunca". Se metió un bocado del pastel caliente en la boca y cerró los ojos, saboreando el sabor. "Maldita sea, eso es bueno".

Dolly volvió a llenar sus tazas y se sentó a disfrutar de su pastel. "Me alegra que te guste y la comida".

"¿Gustar?" Dijo con los ojos muy abiertos. "Esta es la mejor comida que he tenido en años", vaciló y luego agregó con tono avergonzado, "excepto la de ayer. Esa también fue genial ".

"Es lo menos que pude hacer", dijo mientras tocaba el punto vendado en su cabeza, "después de que me salvaste de una muerte segura o algo peor a manos de Davis y el sheriff".

Fue el turno de Trace de sonrojarse. Había estado pensando que Dolly podía hacer algo más, pero ahora se sentía apenado de sí mismo y avergonzado. Dolly no era ese tipo de chica. Su sentido de deuda con su hermano la obligó a entrar en la situación con Davis y Trace se negó a culpar a Dolly nunca más.

Terminó su pastel y café antes de levantarse. "Necesito acostarme con el caballo", le dijo a Dolly mientras ella despejaba la mesa y luego caminaba hacia la oscuridad.

* * *

Dolly lo vio irse. ¿Ni siquiera dio las gracias por la comida? Está oscuro ahora, pero ¿se dio cuenta siquiera del piso limpio, las alfombras golpeadas o las cortinas que sacudí? Puso una cacerola con agua en la estufa para calentar. Estaba muy cansada y le dolía la cabeza, pero nunca se había acostado con una cocina desordenada y no tenía ninguna intención de hacerlo esta noche. Dolly pasó la mayor parte de una hora lavando los platos y fregando la cocina.

En ese tiempo, Trace no había regresado. Quizás estaba cansado y simplemente se había ido a la cama. ¿Había dicho siquiera que volvería? Cuando Dolly volvió su cama, Trace entró. Tenía algo en sus brazos.

"Encontré algo que olvidé". Trace atravesó el oscuro salón y rodeó la caja fuerte para tartas hacia la luz de la lámpara.

Dolly jadeó cuando se dio cuenta de lo que llevaba. "¿Me trajiste tela?"

Trace le entregó el rollo de tela verde y ella pasó la mano por la suave tela de algodón.

"Dijiste que necesitabas tres metros para un vestido", dijo con una sonrisa, "pero La señora Sanders me dio las cinco metros completos por el precio de tres ".

Dolly dejó caer el cerrojo sobre la cama y corrió hacia Trace, envolviendo sus brazos alrededor de su cuello y besando su boca. Ella retrocedió por un minuto. "Nadie me había dado un regalo tan bueno antes". Las lágrimas brotaron de sus ojos. "Gracias."

Trace pasó la mano por su cabello. "Pensé que el verde quedaría bien con tu cabello".

Dolly lo besó de nuevo. Ella separó los labios y permitió que entrara su lengua. Estaba suave y cálida en sus brazos y le acarició la parte posterior de la cabeza, jugando con el pelo en la base de su cráneo que le envió escalofríos por su columna. Podía sentir sus pezones rígidos presionando contra su pecho y se preguntaba si se atrevería a hacer lo que había planeado hacer todo el día. Le había pagado con un regalo. ¿Sería una puta y se entregaría a él a cambio?

Trace deslizó su mano por debajo del borde de encaje de su camisola con volantes y tocó su piel desnuda. Se estremeció, pero no se apartó. Se aventuró un poco más hasta que su mano cubrió su amplio pecho, el pezón duro en su palma. Dolly incluso movió un poco su cuerpo, para poder mover su mano al otro seno. Él rozó el pequeño montículo duro con su dedo calloso y ella gimió con lo que Trace pensó que era placer. Sus dedos se hundieron en sus hombros y su beso se volvió más ardiente.

A Dolly ciertamente le estaba gustando esto. Trace se separó de su boca y besó su mejilla hasta su cuello. Sabía salada por el sudor, pero tenía el dulce sabor del deseo de una mujer. Tuvo que saborear uno de esos pezones y empujó la camisola hacia arriba sobre los firmes montículos de su pecho, arqueó un poco su espalda y se inclinó para tomar uno de sus pezones en su boca. Ella jadeó de placer y se relajó en sus brazos.

"Creo que te amo, Trace", susurró.

Esas palabras lo llevaron a sus sentidos. Apartó a Dolly. Sus pechos desnudos cremosos brillaban a la luz de la lámpara y podía ver su saliva relucir en el pezón duro que había estado chupando. Su pene palpitaba y no quería nada más que sentirla dentro de ella, pero no podía ir más lejos.

Dolly tiró de su camisola de vuelta a su lugar con lágrimas en los ojos. ¿Eran lágrimas de vergüenza por actuar como puta con él o lágrimas de tristeza porque él no había respondido a su declaración de amor?

"Lo siento, Dolly", dijo y salió furioso de la cabaña.

El latido entre sus muslos había disminuido un poco cuando dejó a un lado el rollo de tela bonita, apagó la lámpara y se metió en la cama, pero sus lágrimas no. ¿Había ofendido a Trace diciéndole que pensaba que estaba enamorada de él? Él no quiere una puta y ella ciertamente era una puta ahora.

Dolly no entendió. En todas las novelas, si el cuerpo de la mujer reaccionaba de la forma en que el de ella había reaccionado a los besos y caricias de Trace, significaba que estaban enamorados. Su cuerpo no había reaccionado así ante Davis, el sheriff o el irlandés cuando la tocaron. Sus pezones no habían latido de placer ni el montículo de carne sobre su vagina. Eso solo se suponía que sucedía cuando la mujer estaba enamorada del hombre.

Dolly lloró sobre la almohada. Los hombres deben ser diferentes a las mujeres. Ella suponía que los hombres debían poder disfrutar de una mujer sin estar enamorados de ellos, pero una mujer solo podía sentir placer cuando amaba al hombre. ¿Fue eso justo? Por primera vez en mucho tiempo, Dolly deseó que su mamá estuviera allí para explicarle las cosas.

Entre ataques de llanto y asombro, Dolly tuvo una noche muy larga. Dolly se prometió a sí misma que no volvería a besar al hombre. Solo pensaría menos en ella si lo hiciera y se sentiría libre de poner sus manos sobre su cuerpo. Solo pensar en sus besos y sus manos ásperas sobre su piel desnuda hizo que Dolly se estremeciera. Quería que él la tocara. Su boca sobre su pecho había enviado oleadas de placer a través de ella. Dolly nunca había experimentado algo así. Había leído sobre ello en sus novelas, pero nunca había pensado en experimentarlo por sí misma.

Con lágrimas en sus ojos nuevamente, recordó la mirada de vergüenza y disgusto en el rostro de Trace antes de que saliera corriendo de la cabaña. No suponía que volvería a experimentarlo nunca. Los hombres eran una molestia. No hicieron nada más que causar dolor. ¿Por qué una mujer necesitaba uno en su vida? ¿Para hacer las tareas pesadas? Dolly había estado haciendo tareas pesadas en la casa durante años. Ella había arado el huerto cada primavera y lo había plantado. Había cortado la leña para la estufa. Incluso había construido el nuevo gallinero cuando el antiguo finalmente se derrumbó.

Dolly se había pasado el día pensando en lo que Trace había dicho sobre su hermano. Ella solo tenía catorce años cuando sus padres murieron en un accidente de carreta y en su dolor, nunca había pensado mucho acerca de dónde había venido el dinero que Martin había gastado en cosas de la mercantil. Su padre había trabajado en la librería de la ciudad y Martin también había trabajado allí, pero la vendió poco después de la muerte de sus padres, con la excusa de que necesitaba quedarse en casa para cuidar de su hermana pequeña. En realidad, Dolly había sido la que se había encargado de cuidarlo.

Martin inmediatamente comenzó a tratar a Dolly de la forma en que su padre había tratado a su pobre madre. Él la insultaba y la golpeaba cuando ella no hacía algo exactamente de su agrado. Y bebía. Las palizas y los gritos eran los peores cuando Martin bebía. Con los años, la bebida empeoró y el abuso empeoró. Dolly lo había soportado porque Martin le decía que todo era culpa suya. Papá y mamá habían salido en la carreta ese día para comprarle un vestido tonto para un baile al que quería asistir. Estaban muertos por ella y Martín no podía alejarse de Concho porque se había visto obligado a quedarse y cuidarla.

Dolly vio el rollo de tela y se secó las lágrimas de la cara. Estaba cansada de pensar en los hombres de su miserable vida. Ya no era una niña y era hora de que comenzara a pensar en sí misma. Se haría un vestido nuevo e iría a Phoenix o Flagstaff. Tenía que haber algo que ella pudiera hacer en una de esas ciudades.

Dolly se quedó dormida con una chispa de esperanza en su corazón por una nueva vida.

10

D olly se despertó con el sonido de alguien en la cocina y se incorporó de golpe en la cama.

Trace estaba junto a la estufa, colocando tocino en un plato. "Lo siento si te desperté", dijo, sin volver la cabeza para mirarla.

Sin hablar con el hombre corpulento, Dolly se envolvió en la fina colcha y salió descalza para usar el retrete. El aire de la mañana estaba frío y fresco. Aunque en junio, las temperaturas en la montaña eran unos veinte grados más fríos que en Concho. Aquí arriba parecía más abril que junio.

Cuando regresó a la cabaña, Trace se sentó en su silla en el porche con un plato de comida en su regazo y una taza de café en la mano. "El Sr. Snydergaard y tal vez su esposa llegarán en algún momento de esta mañana, así que será mejor que te quedes en la casa ... vestida como estás y todo eso ".

El calor ardió en sus mejillas ante las palabras de Trace y giró la cabeza para mirar al hombre. "No te preocupes", dijo

Dolly, ahogando un sollozo, "la puta se mantendrá fuera de la vista mientras tus amigos estén aquí". Irrumpió dentro, cerrando la puerta detrás de ella.

Vestida como estaba, ¿eh? Dolly abrió el armario de un tirón y sacó el vestido que se había sentado en la misma silla a arreglar el día anterior. Había tenido que coser una manga hacia atrás, arreglar un largo desgarro en la falda, tachar un poco de encaje en el cuello y volver a colocar la falda donde se había arrancado del corpiño. Uno de los botones se había perdido a mitad de camino y Dolly lo había reemplazado por el del cuello. Podría usar su pequeño camafeo para asegurarlo allí. Aparte de las manchas marrones descoloridas donde la sangre no se había lavado por completo, el vestido estaba como nuevo.

Dolly se lavó la cara llena de lágrimas, se puso el vestido y se cepilló el pelo. Encontró el plato de comida que Trace le había dejado en la rejilla para calentar y lo llevó a la mesa con una taza de café. Mientras comía el tocino y los huevos revueltos, Dolly decidió no permitir que las palabras del hombre la molestaran más. Después de salir a recoger los platos vacíos de Trace del porche, puso agua en la estufa y mezcló un poco de levadura para hacer pan.

Cuando Dolly escuchó un carruaje en el frente y voces de hombres, apartó la cortina y se alejó para permanecer fuera de la vista. Se asomó para ver a Trace con un hombre canoso de aspecto frágil descargando cosas de una carreta. Dolly no vio a ninguna mujer y regresó a la cocina donde tenía la intención de cortar el vestido nuevo. El día anterior se había emocionado al encontrar la canasta de costura de Lucy llena de hilos de colores variados, botones, alfileres, tijeras y trozos de encaje. Era todo lo que necesitaba para armar un vestido nuevo.

Dolly había estado haciendo sus vestidos durante los últimos diez años y ya no necesitaba un patrón. Con el trozo de tiza que encontró en el kit de Lucy, pudo dibujar su patrón en la tela y recortarlo.

Tenía la mitad del vestido cortado cuando Trace entró con una lata de leche de metal. "Esto es fresco del ordeño de esta mañana", le dijo. "Lo llevaré al sótano después de que me tome un poco para el uso de hoy". Ella lo vio mojar unos cucharones del rico líquido blanco en un tazón pequeño y ponerlo en el lugar seco y luego irse.

Dolly no habló, pero pensó que sería bueno tener leche para sus galletas y patatas. Se preguntó si debería molestarse en cocinar para Trace, pero vio el plato en el que le había dejado comida esa mañana y decidió que debería hacerlo.

Un poco más tarde regresó con una caja de madera en los brazos. "Ven a ver qué más ha traído el Sr. Snydergaard".

Dolly dejó las tijeras y se acercó para mirar dentro de la caja. Los polluelos de color amarillo suave se piaban unos a otros en una cama de paja en la parte inferior. Ella sonrió, se inclinó y se llevó a la cara una de las cálidas criaturas emplumadas. "Son tan dulces".

"No estarán poniendo por un tiempo todavía", dijo Trace con una sonrisa, pero cuando lo hagan, tendremos un buen suministro de huevos y no tendré que buscarlos en Vernon y preocuparme por no romperlos antes que llevarlos a casa ".

Ella sonrió mientras acariciaba las aves. "Sé que tendremos que mantenerlos aquí por un tiempo, pero ¿dónde planeas ponerlos una vez que hayan comenzado a agitarse?"

Trace sonrió. "Fredrick me trajo suficientes tablas y alambre para construir un bonito gallinero en la parte trasera del establo. Construiré una pequeña caja de crianza para ponerlos al momento y cuando sean demasiado grandes para esta caja, se pueden dejar en el libres sin la preocupación de que las criaturas se los lleven ".

Para Dolly era obvio que Trace estaba familiarizado con los pollos. "Les traeré un poco de agua y algo de esa harina de maíz", dijo mientras se apresuraba a ir a la cocina.

Dolly encontró dos tapas para frascos Mason. Llenó uno con agua y el otro con maíz molido, los llevó a la caja y los acomodó en la paja. No pasó mucho tiempo antes de que los polluelos se reunieran alrededor de ambos, comiendo y bebiendo hasta saciarse.

Dolly sabía que tendría que vigilarlos de cerca durante unos días. Si un polluelo se moja y se enfría, muere en cuestión de horas. Tendría que asegurarse de que todos estuvieran secos y calientes.

Trace la miró fijamente. "Veo que arreglaste ese vestido. Pensé con certeza que era una causa perdida ".

Dolly se encogió de hombros. "Nada que una aguja e hilo no puedan volver a unir en un par de horas". Aún le resultaba difícil mirar al hombre a los ojos. Ella pensaba que lo mismo era para él.

"Probablemente me quedó lo suficiente en este perno para hacerte una camisa, si quieres una". Sabía que solo tenía otra colgada en el armario. "Eres mucho más grande que Martin", dijo Dolly, "así que tendré que usar esa cinta de tela en el equipo de Lucy para tomar algunas medidas". Ella le dio una mirada rápida. "Si quieres una, claro."

Trace se quedó mirando la tela de flores sobre la mesa y sonrió. "Me temo que eso es un poco femenino para un hombre de mi tamaño".

"Oh", dijo Dolly con la cara decaída un poco, "seguro".

"Tengo que volver allí", dijo Trace. "Fredrick me trajo

algunas semillas y hojas de plantas que quiero plantar en el suelo antes del anochecer".

Debe estar planeando quedarse aquí por un buen rato si estaba poniendo pollitos para criar huevos y plantaba un jardín. Se preguntaba qué planeaba hacer con ella.

Dolly regresó a la cocina donde sus hogazas de pan se habían elevado por encima de las ollas. Los roció con un poco de grasa de tocino, ya que estaba demasiado bajo en mantequilla y los metió en el horno caliente. Esta noche comerían pan fresco con la cena.

Mientras se horneaba el pan, Dolly terminó de recortar su vestido nuevo. Se decidió por el pollo para la cena y bajó al sótano a buscar una de las gallinas ahumadas que Trace había almacenado allí. El sótano oscuro estaba fresco y olía a tierra húmeda. Vio la pila de patatas viejas que brotaban en la papelera y las amontonó en una cesta junto con el pollo ahumado.

De vuelta al interior de la casa, Dolly cortó las patatas en trozos y en cada una de ellas brotó un único ojo hacia la luz del sol. Dolly olió su pan y abrió la puerta del horno para ver dos panes de color marrón brillante. Los sacó y los dejó en la rejilla para que se enfriaran.

Dolly cortó algunas rebanadas de pan fresco y las untó con mantequilla. Engulló el talón antes de llevar la canasta y un plato de pan fresco a donde Trace cortaba surcos con un arado en el suelo suelto y arcilloso del área del jardín. Le entregó el plato a Trace y luego recogió la cosecha, inclinándose junto a un árbol. "¿Dónde planeas poner las patatas?"

"A lo largo de esa cerca", dijo mientras mordía una rebanada de pan y señalaba con un dedo sucio un lugar al lado de una hilera de col verde que ya estaba en el suelo.

Dolly tomó la azada y comenzó a amontonar la tierra en un gran montículo. No prestó atención a la tierra que se acumulaba en el dobladillo de su vestido. Alguna vez fue su mejor vestido de domingo, pero Dolly lo sabía, como ella, nunca volvería a ver el interior de una iglesia. Ahora era un vestido de trabajo diario.

* * *

Trace se había puesto nervioso con la joven cuando entró en la cabaña esa mañana al amanecer y la encontró todavía durmiendo. Tal vez Martin tenía razón cuando Trace lo había oído llamar a Dolly una vaca vaga todas esas veces. No sabía cómo podía haberse equivocado tanto con ella durante todos estos años.

Se había sentido aún más nervioso con ella cuando se negó a hablar con él esa mañana. Ella había sido la que lo había besado. Ella no se había preocupado cuando él le puso las manos encima. Ella es la que ha actuado de puta. ¿Por qué no esperaba que la trataran como tal? ¿De verdad había esperado a que él respondiera a su ridícula declaración de amor? ¿Qué hombre podría amar a una puta?

La había reprendido por su ropa y se había sentido mal por ello cuando regresó a la casa para encontrarla con el vestido reparado. Se había reprendido a sí mismo cuando su polla había comenzado a ponerse rígida y palpitaba al verla. Ninguna mujer lo había excitado de esa manera desde Lucy; y su Lucy no había sido una puta.

Trace había estado feliz de ver la reacción de Dolly hacia los pollitos y escuchar que sabía cómo cuidarlos en esta etapa de sus vidas. Sabía que había tenido un gallinero en el patio trasero de Concho y dudaba seriamente que fuese el inútil del hermano que hubiese levantado una mano para cuidar de ellos. Dolly era la única persona en esa casa que Trace había visto haciendo alguna tarea. Se reprendió a sí mismo de nuevo por pensar que era perezosa.

El plato de pan caliente con levadura había sido una sorpresa. Se había sorprendido aún más cuando Dolly recogió el azadón, amontonó una hilera de tierra y luego se arrodilló para plantar los trozos de patatas que había sacado del sótano sin que nadie se lo pidiera y listos para plantar.

Al final de la fila, Trace ayudó a Dolly a ponerse de pie. "Gracias por el pan. Estaba realmente bueno."

"Gracias", respondió Dolly mientras se quitaba la falda sin mirarlo. "Hice dos panes".

"Realmente no tenías que hacer eso", dijo, señalando la hilera de montículos.

Dolly se encogió de hombros. "Estaba en el sótano buscando un pollo para la cena y vi las patatas viejas y supe que tenían que plantarse en el suelo antes de que se pudrieran".

Trace le tomó la mano, pero Dolly la apartó. "Solo quería decir cuánto lamento la forma en que actué anoche, Dolly". Hizo una pausa y tomó su mano de nuevo.

"Está bien, Trace", dijo poniendo su mano en la otra, para que él no pudiera tenerla. "Sé lo que piensas de mí y no puedo decirte que te culpo". Se acercó y apoyó la azada en el lugar donde la había encontrado. "Te tendré la cena lista para más tarde".

Trace la vio caminar de regreso a la cabaña. Frunció el ceño con frustración y negó con la cabeza. Nunca entendería a las mujeres. ¿Había esperado que él se arrodillara y le suplicara perdón? ¿No fue suficiente su disculpa? Había tratado de ser sincero.

Trace gruñó en su cabeza mientras terminaba de plantar guisantes, judías verdes, maíz dulce, calabaza, melones, pepinos y ñame. Deseó que Fredrick hubiera traído pimientos, pero había dicho que él y su esposa no los comían. Trace estudió las ordenadas filas y sonrió. Si todo prosperaba, este jardín los alimentaría durante el verano y hasta el invierno si Dolly enlataba como lo había hecho Lucy. Trace sabía que sí, porque había visto su jardín en el patio trasero y la había visto cuidarlo, cavando y arrancando malas hierbas bajo el sol ardiente mientras Martin no estaba a la vista.

La cena de esa noche a base de pollo y albóndigas fue deliciosa, pero tensa con poca conversación. Trace no sabía lo que esperaba que le dijera y se negó a disculparse por algo por lo que no creía que tuviera que disculparse. Ella era la que lo había besado. Ella era la que no se había apartado cuando él la tocó y besó sus pechos. Debería disculparse con él por inducirlo a pensar que podría haber más.

Para cuando hubo llenado su estómago, Trace estaba tan enojado con la mujer de nuevo que empujó su plato a un lado sin darle las gracias por otra buena comida y salió pisando fuerte de la cabaña. ¿Así sería entre ellos ahora?

Trace siempre había odiado cuando él y Lucy tenían una pelea. Normalmente era culpa suya y después de que se disculpaba, hacían el amor y todo volvía a estar bien en el mundo. No podía esperar eso con Dolly.

¿Debía haber mencionado lo que le había dicho la noche anterior acerca de pensar que estaba enamorada de él? ¿Cómo demonio esperaba ella que él se dirigiera a eso? ¿Se suponía que debía decirle que también la amaba? ¿tenía que hacerlo? Siempre había sentido atracción por la bonita pelirroja. Incluso le había pedido a Martin para cortejarla, pero no había estado dispuesto a desprenderse de los cien dólares que Martin quería como precio por la mano de su hermana.

A Trace le roía las entrañas que, si le hubiera pagado a

Martin y tomado a la niña como esposa, nada de esto le habría sucedido a ella e incluso podría haberle dado hijos. Trace alimentó a los caballos y luego se retiró a sus mantas.

Nunca entendería el funcionamiento de la mente de una mujer si viviera hasta los cien años.

El irlandés tenía su carruaje estacionado en las afueras de Fort Whipple, cerca del Capitolio Territorial de Prescott en Arizona. El negocio había ido muy bien. A los soldados les acababan de pagar y tenían dinero en los bolsillos para el whisky y el trago que tenía en abundancia para ofrecer.

Recientemente habían adquirido a una niña que encontraron vagando sola cerca de una pequeña granja. Su polla todavía palpitaba de escucharla gritar y suplicar. Él había tomado la iniciativa de Davis y le ofreció el coño de la chica virgen al mejor postor y le dijo al postor ganador que se saliera con la suya en cada hoyo que encontrara. El gran oficial uniformado había pagado cinco dólares extra para uno de sus grandes amigos que se unía al entrenamiento. Cuando terminaron con ella, la niña tuvo que enfrentarse a diez más y al final de la noche, estaba golpeada y maltratada, como una verdadera puta. Él y Pauly se habían turnado con ella de la forma en que él y ese sheriff se habían llevado a la pelirroja y él había llenado la boca de la chica dos veces con su semen.

"¿A dónde vamos desde aquí, jefe?" Pauly preguntó mientras limpiaba a la chica de su polla marchita.

"Este", le dijo el irlandés. "Todavía no han tenido noticias de Davis en San Francisco". Volcó su botella de buen whisky irlandés y esperó a que el suave líquido ambarino le calentara el estómago. "Llegaremos a los fuertes entre aquí y

Flagstaff y luego retrocederemos hasta donde lo vimos por última vez con esa pelirroja".

Pauly sonrió a través de su tupida y oscura barba y apretó su suave polla. "Estoy listo para darle un buen rato si Davis ya ha liberado a esa valiosa doncella".

"Mis pensamientos exactamente, chico", dijo el irlandés con una sonora risa borracha.

11

Las dos semanas siguientes a la plantación del jardín fueron maravillosas e insinuaban un futuro que dolly nunca pensó que fuera posible.

Les tomó tres días construir el nuevo gallinero en la parte trasera del pequeño establo. Dolly se había sorprendido de las habilidades de Trace con el martillo y la sierra. Plantó postes de cedro en el suelo y Dolly lo ayudó a estirar el alambre para mantener a las gallinas dentro y a las criaturas fuera del nuevo gallinero. Construyó nidos en los pequeños espacios cerrados donde las gallinas algún día pondrían sus huevos y colocarían ramas para perchas. Trace también construyó una caja cerrada de cuatro pies por cuatro pies con patas como un corral de cría para que los polluelos entraran mientras pasaban de la caja en la casa a correr sueltos en el gallinero afuera.

En el jardín brotaron guisantes, frijoles e incluso algunas de las papas que Dolly había plantado mientras el sol calentaba la rica tierra. Esperaba ver las hileras llenas de plantas verdes en flor en las próximas semanas y se preguntaba por la condición de su pobre jardín en Concho. ¿Martin lo había estado cuidando? Lamentablemente, Dolly sospechaba que no lo había hecho y que las malas hierbas se habían apoderado de él. Ella también se preocupaba por sus gallinas. ¿Se habría molestado en alimentarls y darles de beber o en recoger los huevos?

El día después de que terminó su vestido, Trace la llevó a su primer viaje a Vernon. Él había ensillado la yegua gris del sheriff para que la montara y le había dicho que el nombre del animal era Bess o Tess. No podía recordarlo con certeza. Dolly decidió que se parecía más a una Bess y se decidió por ese.

Con su vestido nuevo y el pelo rojo recogido en un pañuelo que había hecho con la misma tela, partieron hacia el pequeño asentamiento. Dolly, que nunca había aprendido a montar en silla de montar, montaba con sus faldas montadas sobre el caballo.

"Supongo que debería hacerme una falda de montar dividida", le dijo a Trace. "He visto fotos de ellos en publicaciones periódicas y parecen bastante fáciles de hacer".

Trace la miró con una ceja arqueada en confusión y Dolly sonrió. "Es una falda hecha como pantalones anchos, por lo que podré montar sin mostrar mis tobillos".

"Oh", dijo y asintió con la cabeza, aunque Dolly sospechaba que todavía no entendía.

La suave brisa olía a pinos y Dolly disfrutaba del verde en todas partes. Cedros, pasto y flores silvestres crecían alrededor de Concho en el alto desierto de abajo, pero todavía era desierto y más marrón que verde la mayor parte del año. Aquí en la montaña, era un derroche de verde y lleno de vida.

Vio coloridas mariposas y pájaros en el aire, ardillas corriendo por los anchos troncos de los pinos y ciervos y alces en los prados cubiertos de hierba por los que pasaban.

Los arroyos y riachuelos alimentados por la nieve pasaban rápidamente hacia los lagos.

"¿Te gusta pescar?" Dolly preguntó a Trace cuando se encontraron con uno de los cuerpos de agua en un valle profundo a lo largo del sendero.

"Cuando tenga tiempo", dijo con una sonrisa. "¿Sabes cocinar truchas? Es todo lo que hay en los lagos aquí ".

"A mi papá le encantaban las truchas". Dolly dijo con una sonrisa triste. "Por supuesto, Puedo cocinar truchas ".

Trace asintió. "Lo tendré en mente."

Llegaron a una exuberante granja con vacas pastando en un campo verde frente a una granja y graneros altos y encalados. "Ese es el lugar de Snydergaard", le dijo Trace mientras saludaba a una anciana que arrojaba grano a las gallinas en el patio. "Esa es Helga, la esposa de Fredrick. La mayoría de la gente de aquí la considera una bruja ".

"¿Por qué?" Preguntó Dolly mientras observaba a la anciana encorvada vestida de negro como una viuda.

Trace se encogió de hombros. "Es un poco rara y hace pociones y eso lo llama medicina del viejo país".

"¿De dónde es ella?"

"Noruega, creo", dijo Fredrick. "Hablan inglés con acento".

"Todas nuestras familias vinieron a este país desde algún lugar", dijo Dolly. "Solo los indios pueden decir que en realidad son de aquí. Para ellos, todos hablamos con acento ".

Trace se rio entre dientes. "Supongo que estas en lo correcto. Nunca antes había pensado en eso ". Abrió su cantimplora y tomó un trago. ¿De dónde es tu gente, Dolly? Creo que mi mamá dijo que papá es de Escocia y ella de Suecia ".

"La familia Stroud vino de Inglaterra antes de la Revolución y se estableció en Kentucky para cultivar, pero creo que la gente de mi mamá vino de Escocia". Dolly se tocó el pelo. "Ella dijo que es de donde viene esto. Su abuela también era pelirroja ".

"Un buen número de escoceses huyó a Estados Unidos durante su guerra con Inglaterra, con el llamado The Uprising".

Su conocimiento de la historia impresionó a Dolly. "Supongo que tu cabello rojizo también proviene de tus raíces escocesas".

Trace sonrió. Apostaría a que los dos podríamos llenar esta montaña con un montón de pequeños escoceses pelirrojos.

Los ojos de Dolly se agrandaron ante el comentario. ¿Había estado pensando en tener hijos con ella? Dolly lo dudaba. No había hecho más avances hacia ella y ella se había mantenido alejada de él. Habían trabajado juntos en el gallinero y habían comido juntos, pero ni siquiera se habían tocado desde aquella noche en que ella perdió la cabeza y lo besó.

Continuaron cabalgando en un incómodo silencio hacia Vernon. El pequeño asentamiento no era mucho para hablar, con el gran edificio de tablillas que Trace le dijo que era la mercantil, un ayuntamiento y algunos otros edificios. Unos pocos caballos estaban atados fuera de otro edificio que Trace le dijo que era un salón y un comedor para los leñadores. Le dijo que podían comer allí antes de regresar a casa si a ella no le importaba que fuera un salón.

Dolly se encogió de hombros. ¿Por qué debería importarle comer en un salón? Ella era una puta ahora. ¿No se suponía que las putas se sentían como en casa en los salones?

Fueron recibidos adentro por una mujer delgada, de

mediana edad con su cabello canoso recogido en un severo moño en la parte superior de su cabeza. Ella saludó con tazas de hojalata llenas de agua dulce y fresca.

El agua se sintió bien en la lengua de Dolly después del largo viaje y agradeció a la mujer que estaba de pie, estudiando a Dolly.

"¿Y quién podría ser esta hermosa y joven, Trace?" preguntó la mujer con una sonrisa.

Dolly vio que su cara roja se ponía más roja mientras intentaba pensar. Vivian, esta es Dolly. Ella es mi ... eh ... Ella es mi nueva esposa ".

La boca de Dolly se abrió. ¿Su esposa? "Dolly", dijo Trace con inquietud, mirándola. "Esta es Vivian Sanders. Ella y su esposo, Don, son dueños de la mercantil".

"¿Su esposa?" jadeó la mujer, tomando a Dolly en sus brazos. "Trace nunca insinuó tener una nueva esposa cuando estuvo aquí antes". Levantó la falda del vestido de Dolly y sonrió. "Ahora sé por qué estaba hurgando entre mis tornillos la última vez que estuviste aquí". La mujer tiró de Dolly a través de la tienda hasta una mesa llena de rollos de tela. "Acabo de recibir nuevas mercancías de Denver".

Vivian se volvió hacia Trace, quien la siguió. "Una mujer no puede tener demasiada tela, ya sabes, especialmente cuando puede tener bebes en cualquier momento".

Acarició la barriga de Dolly y luego apartó la falda del cuerpo de Dolly para admirarla. "Hiciste un excelente trabajo en esto, jovencita. No sé coser tanto para que valga la pena. Mi madre solía decirme que sería mejor que me casara con un hombre rico que pudiera costearme una costurera porque yo era todo pulgares con una aguja en la mano ". Ella se rio mientras sacaba un rayo de tela escocesa verde y se lo mostraba a Trace. "A tu marido le vendría bien una camisa nueva o dos", dijo Vivian con una risita.

"Apuesto a que es la misma que ha usado en mi tienda las últimas tres veces que ha estado aquí".

Cuando salieron de la tienda con la lista de cosas por las que habían venido, también tenían cuatro pernos adicionales de tela, los botones de las dos camisas nuevas de Trace y el cordón y la cinta para recortar la ropa interior nueva y un camisón para Dolly.

"Cuida bien de ese hombre, Dolly", le susurró Vivian mientras Trace aseguraba sus compras a los caballos, "es tan bueno como pocos por aquí".

"Lo sé", dijo Dolly mientras miraba al apuesto hombre asegurar la desgarbada pila de tela detrás de su silla de montar. "Lo sé."

Trace regresó y tomó la mano de Dolly. "¿Vamos a comer algo antes de ir a casa?"

"Supongo", dijo antes de volverse hacia la propietaria. "Muchas gracias, señora. Fue un placer conocerle ".

Vivian Sanders sonrió. "Ha sido un placer conocerla también, Sra. Anderson. Espero ver a su apuesto esposo con una de esas camisas nuevas muy pronto, tal vez en el Summer Social ".

Trace le dio un ligero tirón a la mano hacia los caballos. "Pensaremos en ello, Sra. Sanders, pero es un largo viaje desde la cabaña para venir a Vernon a bailar". Él sonrió. "No puedo bailar de todos modos. Pisaría los dedos de mi pobre Dolly y ella no podría caminar después ".

"Bueno", suspiró Vivian con un guiño y una sonrisa a Dolly, "la próxima vez que vayas por suministros, entonces".

Saludaron y condujeron a los caballos hacia el salón. "Ella no me verá por un tiempo". Echó un vistazo al montón de tela atada detrás de la silla de Dolly y negó con la cabeza. "Creo que esa mujer podría vender agua a un hombre que se está ahogando".

"Ella solo la atiende, pero me imagino que solo estaba siendo muy amable con su nueva novia".

"Yah", tosió Trace, "sobre eso. Creo que debí haberte advertido primero ".

Dolly lo saludó con desdén. "Entiendo. Ciertamente, no puedes hacer que parezca que te has mudado con una puta a tu casa aquí. ¿Qué pensaría la gente?

Trace se quitó el sombrero y se pasó la mano por el cabello ondulado de color marrón rojizo que Dolly notó que se enroscaba en su cuello. Necesitaba un corte de pelo. Tomó las riendas de Bess de manos de Dolly y las ató a la barandilla fuera del salón. "Consigamos algo para llenar nuestros estómagos antes de irnos a casa. Será demasiado tarde para que cocines una vez que lleguemos allá y estarás cansada de montar ".

Dolly no sabía qué esperar. Nunca antes había estado en un salón. Martin los frecuentaba, pero a Dolly se le había advertido que no debía ingresar a uno en la escuela dominical, ya que eran lugares de pecado y pereza donde los hombres eran tentados con el alcohol, el juego y las mujeres malvadas de baja reputación.

Dolly supuso que ahora era una de esas mujeres y suspiró mientras entraba al edificio detrás de Trace. La habitación olía a tabaco rancio, comida y hombres sudorosos y sin lavar. Algunos se sentaban a las mesas, comían y levantaban la vista de sus platos para ver a los recién llegados.

El lugar parecía uno de los pocos restaurantes que Dolly había visitado y se relajó un poco. Se sentaron y una mujer se acercó a su mesa vestida con un vestido colorido con un escote muy amplio que dejaba al descubierto la parte superior de sus pechos redondeados. Dolly sintió que se ruborizaban y apartó la mirada de la mujer.

"¿Qué puedo ofrecerles, amigos?"

"¿Cuál es el especial en la cocina hoy?" Preguntó Trace.

"Guiso de alce sobre arroz blanco", dijo. "Eso con una zarzaparrilla o una cerveza en quince centavos".

"Suena bien", le dijo Trace a la mujer. "Mi esposa y yo lo comeremos con zarzaparrillas, por favor".

Dolly sonrió. Supuso que él iba a seguir fingiendo por el momento. No fue tan malo fingir ser la esposa de Trace. Dios sabe, que ella había pensado en serlo tantas veces durante los últimos dos años. Había fantaseado con él irrumpiendo en la casa y llevándola lejos de Martin para vivir al otro lado de la calle con él en la casa que una vez había compartido con Lucy.

La mujer regresó con dos tazas llenas de un líquido marrón espumoso. Trace levantó el suyo y se llenó la boca. Dolly hizo la mismo sin vacilación. Nunca había tomado zarzaparrilla y no sabía si era alcohólica. Ella tampoco había consumido alcohol nunca. Una dulzura sedosa llenó la boca de Dolly y tragó con deleite hasta que Trace la detuvo alejando la taza de su boca.

"No te vuelvas loca en la primera taza, niña", la regañó con una sonrisa en los labios. "¿Nunca has probado la zarzaparrilla antes?"

Dolly negó con la cabeza con las mejillas enrojecidas. "No, nunca lo había probado antes. Es buena."

Trace negó con la cabeza con el ceño fruncido. "Martin debería ser azotado por tratarte como lo hizo y negarte las cosas que todos los demás jóvenes han disfrutado". Se inclinó sobre la mesa y volvió a tomar la mano de Dolly. "Siento mucho no haber pagado el precio por tu mano cuando me lo pidió. Las cosas hubieran sido muy diferentes para los dos si lo hubiera hecho ".

La boca de Dolly se abrió y sus ojos se agrandaron. ¿Qué

quiso decir él? ¿Qué precio por mi mano? ¿Martin había estado pidiendo un precio por mi mano?

"¿No sabías que le había pedido a Martin para cortejarte?"

"No", dijo Dolly sacudiendo la cabeza mientras el corazón le latía con fuerza en el pecho. ¿Trace había querido cortejarla? ¿Por qué no se lo había contado Martin? "Nunca supe. ¿Cuándo?"

"Unos meses después de la muerte de Lucy", dijo, "justo antes de que te pidiera que dejaras de venir para ayudar en la casa".

"¿Martin se negó a que me cortejaras?"

Trace puso los ojos en blanco y dejó escapar un largo suspiro. "Dijo que me diría como les había dicho a todos los demás que te habían llamado para cortejarte, que primero tendría que pagarle el precio por tu mano de cien dólares".

Dolly se atragantó de sorpresa. ¿Cien dólares? ¿Había habido otros? "¿Que otros?" jadeó y tosió.

"¿El hijo de puta nunca te dijo que otros jóvenes habían venido para cortejarte y los había rechazado porque no podían pagar el ridículo precio de tu mano?"

"¿Por qué alguien pagaría el precio antes de saber si ya quería a la chica como esposa?"

"Porque tu hermano es un sinvergüenza que asumió que el hombre que te corteja te llevaría a la cama y probaría la mercadería primero".

La mujer les trajo la comida y la puso en la mesa frente a ellos, pero Dolly de repente perdió el apetito. ¿Cómo pudo Martin haberle hecho eso? Las lágrimas de rabia por su hermano llenaron los ojos de Dolly. Ella podría estar casada ahora con un hogar e hijos.

"No quise molestarte, Dolly", dijo Trace, tomando su mano de nuevo. "Debí haber pagado el precio de Martin,

Dolly, y sacarte de esa casa hace mucho tiempo. Lo siento mucho."

Dolly soltó la mano de la de él y la puso en su regazo. "No estoy enojada contigo, Trace, pero estoy furiosa con Martin". Ella tembló de rabia mientras negaba con la cabeza. "Él siempre dijo que ningún hombre en la ciudad quería cortejarme porque era perezosa y hogareña. Estaba destinada a ser una solterona con la que nuestros padres lo habían encadenado ". Cerró los ojos con fuerza y las lágrimas que comenzaron a caer. "¿Cómo pudo haberme hecho eso?

"Porque Martin Stroud es un bastardo codicioso y vago que quería tenerte solo para él, para que le cuidaras la casa y cocinaras para él".

"¿Pero por qué?" Dolly demandó con una voz que llamó la atención de las otras personas en la habitación.

"Porque cualquier otra mujer en el maldito borde podría verlo por lo que es y no le daría la hora del día", explicó Trace, diciéndole a Dolly la dura verdad sobre su hermano que nunca había estado dispuesta a ver por sí misma. "Es un borracho vago y codicioso que tenía una mujer para cuidar de su casa, cocinar para él y lavar su ropa. ¿Por qué renunciaría a eso y tendría que cuidar de sí mismo sin ti? "

"Bueno, ahora tiene que cuidarse solo", escupió Dolly. "Estaba más que dispuesto a entregarme para que Davis me humillara y me hiciera puta en mi propia casa por el precio de sus malditas deudas".

"Intenta comer un poco, cariño", dijo Trace en un tono bajo y tranquilizador, "y vayamos a casa, donde estoy seguro de que estás ansiosa por empezar a cortar ese montón de tela que hay sobre Bess".

Dolly tomó el tenedor con la mano temblorosa. ¿Cómo pudo haber estado tan ciega con Martin todos estos años?

Trace tenía razón sobre su hermano y Dolly se sintió como una maldita tonta. Se puso un trozo de sabroso alce en la boca y lo masticó, pero no tenía sabor. Dolly se obligó a tomar algunos bocados más, pero la comida se pasaba como una inyección de plomo en su estómago y amenazaba con volver a subir, cuanto pensaba en lo que Trace le había dicho.

Dolly dejó caer el tenedor en el plato y se puso de pie. "He terminado", murmuró. "Necesito un poco de aire".

Mientras Dolly caminaba hacia la puerta, un hombre que se parecía a su hermano la agarró del brazo. "Oye, cariño", canturreó con el olor a whisky en su aliento, "si has terminado con el tipo grande de allí", se inclinó más cerca, sonriendo a la cara de Dolly y llenándole la nariz con su mal aliento, " ¿Por qué no subes conmigo y dejas que te haga unas cosquillas? Dolly trató de soltar su brazo de su agarre, pero él no la soltó. La sacudió. "No seas tan mordaz, perra, o te pondré de rodillas aquí mismo y haré que me chupes delante de todos".

Los recuerdos de Davis y el irlandés inundaron la cabeza de Dolly. No tenía la intención de que nadie la pusiera de rodillas nunca más. "Así, es más, cariño", dijo el hombre, "ahora vamos a ver qué ..."

No pudo terminar su desagradable oración. Dolly cerró el puño y, en un ataque de pura rabia, se echó hacia atrás y le dio un golpe en la boca al hombre que lo hizo tambalearse por el suelo.

"No soy su querida y no soy su puta, señor", le dijo Dolly al hombre en el suelo con voz tranquila mientras se frotaba los nudillos magullados, se volvió y salió del salón con Trace muy cerca.

12

El viaje a casa fue inquietantemente silencioso.

Cabalgaban más despacio con los caballos cargados como estaban, ya Trace le costaba mirar a Dolly mientras cabalgaban. Iba de camino a su lado cuando golpeó al hombre y lo envió dando tumbos al suelo del salón. Quería hablar con Dolly sobre lo que había sucedido, pero ella no respondía con frases de más de una palabra, así que finalmente dejó de intentarlo. Simplemente, nunca había llegado a comprender a las mujeres. ¿Estaba enojada con él por no haber corrido a rescatarla del hombre o todavía estaba enojada con él por lo que había oído de él sobre Martin? La mujer tenía la cabeza dura y era terca como una mula cuando se trataba de su maldito hermano y Trace se estaba cansando de eso.

"Lamento que tuvieras que saberlo de mí", dijo Trace mientras se acercaban a la casa de Snydergaard.

Dolly se volvió. "¿Tenía que oír qué? ¿Que el hermano que amaba, y pensaba que me amaba, solo se preocupaba por el trabajo que podía sacar de mí y, finalmente, por el precio de mi mano?

Trace nunca había escuchado una acidez tan absoluta en la boca de Dolly. Le costó muchísimo oírlo, pero se alegró de saber que finalmente había visto al bastardo por lo que era. "Nunca necesitas volver con él, Dolly. Estás libre de él ahora ".

Realmente quieres decir que nunca podré volver a mi casa ahora. Nunca podré volver a mi vida en Concho ni a mi casa". Ella entrecerró los ojos y frunció el ceño a Trace. "Estoy libre de Martin, ¿pero libre para hacer qué?" Las lágrimas se deslizaron por sus ojos y se deslizaron por sus mejillas enrojecidas por el sol. "Soy libre de ser una puta ahora, eso es lo que quieres decir".

Trace observó a Dolly enjugarse las lágrimas. "¿Quieres que sea tu esposa ahora, Trace?" exigió. Ese bastardo de allá en el salón me tomó por una puta y ni siquiera me conocía. Sé que ahora también me tomas por una puta, después de lo que viste ".

Trace no pudo hacer que ninguna palabra saliera de su boca en respuesta. Dolly lo miró fijamente por un minuto con las lágrimas brillando en sus mejillas y desbordando sus tristes ojos azules. "Me iré a casa, para que puedas pasar por casa de tu amigo sin mentirle sobre la puta que vive en tu casa ahora". Pateó a la yegua, urgiendo a Bess hacia la cabaña con los pernos de tela balanceándose en la grupa del animal.

"Oh, por el amor de Dios", murmuró Trace con frustración y giró su montura hacia el camino que conducía a la granja de Helga y Fredrick.

"¿Quién era ese hermoso pedazo de carne de mujer, joven Trace?" Fredrick preguntó con una sonrisa en su viejo rostro curtido.

"Mi esposa, Dolly", dijo Trace sin reservas.

El anciano arqueó una ceja pálida. "Entonces, esa es la

razón por la que has estado construyendo gallineros y plan-
tando un jardín como antes de perder a la señorita Lucy y al
bebé". Se quitó el sombrero de paja de ala ancha y se secó el
sudor del escaso cabello blanco de su cabeza. "¿Por qué no
la mencionaste antes? Me habría sentido orgulloso de
conocerla ".

Trace no sabía cómo explicarle las cosas al hombre que
veía como una figura paterna. Se bajó de su caballo y soltó
todo. Le contó a Fredrick lo que le había sucedido a Dolly y
por qué. Trace le dijo que le había disparado al sheriff
inmundo, pero no se atrevía a admitir que había matado al
hombre. Le contó a Fredrick sobre el beso de Dolly y su
exclamación de amor y su incapacidad para lidiar con eso.

Fredrick se rascó la barbilla barbuda. "¿Cómo te sientes
por ella, chico? La llamaste tu esposa. ¿Es así como la ves?

Trace se apoyó en su caballo y suspiró. "Pedí cortejarla
una vez", admitió, "pero no quería cumplir con el ridículo
precio que su hermano había puesto por su mano".

El anciano sonrió: "¿Entonces querías el pudín, pero no
querías pagarle al cocinero?"

"Eso no es lo que yo dije."

"Eso es exactamente lo que dijiste, chico."

Trace se quitó el sombrero y se pasó una mano por su
espeso cabello áspero. "No sé qué debería hacer ahora,
Fredrick. No puedo llevarla de regreso con su hermano en
Concho. Ella nunca sería aceptada allí. Las mujeres de la
ciudad la etiquetarían de puta y la echarían de la ciudad y
los hombres... bueno, los hombres..." Trace vaciló," los
hombres serían simplemente hombres y le harían la vida un
infierno después de lo que pasó. Ella no puede volver allí ".

El anciano metió su dedo índice nudoso en el ancho
pecho de Trace. "Pero, ¿qué quieres?"

Trace soltó un largo suspiro y miró a los ojos del hombre. —La quiero a ella, Fredrick. Quiero a Dolly ".

"¿Le has dicho eso?" Trace no respondió. "Entonces levántate de tu trasero y ve a decirle a la chica".

"Pero no podemos vivir juntos en el pecado", objetó Trace.

Frederick resopló. "La anciana y yo hemos vivido juntos por más de cuarenta años y nunca fuimos antes a ningún predicador. Su padre en Noruega quería otro hombre para ella ". Él sonrió. "Pero Helga me quería y nos fuimos juntos. Me dio nueve hijos, de los cuales solo tres vivieron hasta la edad adulta. Ella y ellos llevan mi nombre, pero es solo porque es lo que decidimos y no los hombres de la iglesia ". Sacudió la cabeza y se llevó la mano al pecho. "Es lo que hay aquí lo que cuenta, muchacho, no lo que hay en un papel en alguna parte".

La boca de Trace se abrió. "Nunca lo hubiera sabido".

"Mi punto exactamente, chico. La forma en que elijas vivir es entre tú y la chica. No es asunto de nadie más. Trátala como a una esposa, y todos dirán que es tu esposa porque es tu esposa ". Fredrick volvió a tocar el pecho de Trace. "Es lo que hay aquí lo que la convierte en tu esposa y a ti en su esposo, no las palabras dichas por un hombre vestido con un traje negro o garabateado en un papel".

"Pero ¿qué hago cuando la gente le llame puta?" Trace murmuró.

El anciano resopló y le sonrió al joven. "Lo mismo que hago cuando llaman bruja a mi Helga", dijo. "Apartarme y esperar poder salir de su camino lo suficientemente rápido".

Trace se rio. Gracias, Fredrick. Necesitaba hablar con alguien antes de que mi cabeza explotara ".

Súbete a ese caballo, muchacho, y sigue el camino. Dile

a esa joven cómo te sientes antes de que se le ocurra subir a su caballo y encontrar un hombre que lo haga ".

"Yo haré eso." Trace pasó la pierna por encima de la silla, metió la mano en el bolsillo y sacó una moneda de plata para entregársela al anciano. "Aquí hay un dólar por más leche y ese lado de la carne de la que hablamos. ¿Sigues planeando matar pronto? "

"En eso estoy. ¿Sigues pensando en trasladar tu trabajo de cuero aquí y construir una tienda? "

Trace sonrió. "Si todavía tienes la intención de proporcionarme el cuero que necesitaré".

Fredrick asintió. "Hablé con mi hijo mayor y él está mejorando su curtiduría. Él cree que podemos mantenerte abastecido ".

"Es bueno saberlo. Tengo la intención de hablar con Dolly al respecto esta noche ". Trace usó sus botas para empujar a su yegua hacia adelante. "Te veré mañana, luego con la leche".

—Lo harás —gritó Frederick después del joven. "Y puedo traer a la vieja bruja conmigo para conocer a tu joven perdida".

Trace sonrió y negó con la cabeza mientras instaba a su yegua a regresar al sendero. Fredrick le había dado mucho en qué pensar. La última vez que hablaron, Trace había hablado de trasladar su tienda de talabartería montaña arriba con el anciano. El hijo de Fredrick, Lars, tenía una pequeña curtiduría y el esposo de su hija trabajaba en un aserradero. Trace podía conseguir los materiales que necesitaba, y la señora Sanders le había asegurado que aceptaría sus productos a cambio.

Caminó hacia su casa de buen humor. Ya era hora de que hablara con Dolly sobre el futuro, su futuro juntos.

* * *

Cuando Dolly regresó a la cabaña, sus lágrimas habían dejado rastros a través del polvo en sus mejillas quemadas por el sol. El sol de la tarde moteaba el suelo a través de las ramas de los altos pinos. Olía a lluvia y esperaba que las temperaturas no bajaran demasiado. La nieve en junio en la montaña no era desconocida.

Tenía la boca seca y bebió de la taza en el cubo de agua cuando entró. Cuando Dolly vio su rostro en el pequeño espejo sobre el lavabo, gimió. Tenía los ojos hinchados por el llanto y la cara manchada de polvo se convirtió en barro.

"Bueno, ¿no eres un desastre?", Le dijo Dolly a su reflejo.

Se quitó el pañuelo de la cabeza y se rascó el cuero cabelludo sudoroso antes de verter un poco de agua en la palangana y lavarse la cara. Escuchó a los polluelos haciendo un escándalo en su jaula y Dolly se asomó para ver que habían volcado tanto la comida como el agua. Dos de ellos habían saltado a la parte superior de la caja y se sentaban a mirar desafiantes a su alrededor desde su nuevo lugar de descanso. Todos estarían saltando allí pronto y luego estarían en la habitación.

"Creo que todos están listos para mudarse del salón y entrar al gallinero afuera", dijo mientras se agachaba para recuperar las tapas vacías para llevarlas a la cocina y volver a llenarlas.

Dolly estaba orgullosa de no haber perdido a una de la docena de pollitos desde que se hizo cargo de ellos, aunque su olor se había vuelto abrumador en el espacio confinado y el constante piar la ponía un poco nerviosa.

Devolvió los recipientes llenos de comida y agua y salió a descargar a su caballo. Desató los pernos de tela y los llevó al interior de la mesa. Dolly estaba ansiosa por cortar y coser las nuevas prendas. Pensó en la camisa de Martin sin terminar en su cesto de costura y suspiró, sabiendo que nunca estaría terminada ahora.

Vamos, Bess, volvamos al establo y te quitaré esta silla. Sé que tú también debes estar cansada". Dolly llevó a la yegua a su lugar en el tranquilo establo, desabrochó la silla y la deslizó del lomo de la yegua gris. Después de dejarla caer sobre un banco, Dolly quitó la manta y frotó a Bess antes de usar el peine de curry sobre ella.

Llenó los contenedores con alimento y llevó agua del arroyo para llenar los abrevaderos. Dolly revisó las alforjas y sonrió al ver un paquete dentro de una de ellas. No podía recordar qué había puesto allí.

Cuando volvió a entrar, Dolly apartó el papel y encontró un gran paquete de encaje estrecho, varias tarjetas con botones blancos adjuntos, algunas del tamaño de una camisa de hombre y otras pequeñas para una camisola de mujer, una tarjeta de ganchos y ojos, y una variedad de cintas de raso a juego con los colores de las telas. ¿Cuándo había reunido la Sra. Sanders todo esto? ¿Le había pedido Trace que lo hiciera? Las lágrimas brotaron de los ojos de Dolly ante la consideración.

Sospechando que Trace estaría tan hambriento como ella cuando llegara a casa, Dolly llevó un plato y un cuchillo afilado al ahumadero y cortó un poco de jamón salado. Lo calentó y cortó en rodajas en uno de los panes que había hecho hace unos días para una comida ligera. Había encontrado una vasija de pepinillos dulces en el sótano que estaría bien con el jamón y el pan.

Antes de dejar la tela a un lado, Dolly se tomó un tiempo para examinarla. Se sorprendió al descubrir que la Sra. Sanders había agregado algunos pequeños restos de retazos de telas sólidas y contrastantes que Dolly podía usar para yugos, cuellos y puños. Su cabeza zumbaba con posibilidades. Anhelaba hacer uno de los elegantes vestidos con volantes que había visto en una publicación periódica, pero esos no eran vestidos que se usaban para fregar pisos o quitar las malas hierbas de un jardín. Ella se quedaría con blusas sencillas y faldas con un amplio volante. en la parte inferior y tal vez un poco de encaje en el cuello.

Trace entró y la encontró en la mesa tocando el encaje y las cintas que había encontrado en la alforja. Dejó las cajas de suministros que llevaba en los brazos sobre el fregadero seco.

"Lucy siempre necesitó esos detalles extra de volantes para su cosido", dijo y besó la parte superior de la cabeza de Dolly. "No era necesario alimentar y dar de beber a los caballos. Yo hubiera hecho eso ".

Dolly sintió un escalofrío recorrer su cuerpo con el toque de sus cálidos labios en su cabeza. Había anhelado sentirlos en los suyos de nuevo, pero cerró los ojos con fuerza para apartar ese pensamiento de su cabeza. Ella no volvería a actuar de forma desenfrenada con él.

"Bess tenía sed y los bebederos estaban vacíos", dijo Dolly encogiéndose de hombros mientras se levantaba para recoger la mesa y se dirigía a las cajas. "Dejaré todo esto a un lado y conseguiré algo de comer".

Trace sonrió. "Bueno. Me muero de hambre ".

Dolly llenó el recipiente de la caja para tartas con harina fresca, colocó los huevos cuidadosamente empaquetados en un tazón, sorprendida de que Trace pudiera llevarlos a casa en el caballo saltarín sin romper ni uno solo, y guardó las barras de jabón y cristales de cloro debajo del fregadero seco. Necesitaba desesperadamente lavarse la ropa interior blanca.

Ella miró el rollo de algodón blanco y sonrió. Sería bueno tener unos nuevos para usar.

Se sentaron a la mesa con su comida de pan tostado, jamón, encurtidos y agua. "Espero que esto esté bien", dijo Dolly.

Trace había untado dos rebanadas de pan con mantequilla y untado rebanadas de jamón caliente y pepinillos entre ellas. "Esto es genial, Dolly". Mordió la combinación y masticó. Cuando terminó uno, hizo otro. "El Sr. Snydergaard traerá más leche mañana", le dijo y sonrió. "También traerá a Helga con él para conocer a mi nueva esposa".

"Oh, Dios", dijo Dolly mientras su rostro se hundía. "Tenemos que sacar a esos pollitos malolientes de aquí y ventilar este lugar si vamos a tener compañía".

Trace le tomó la mano y sonrió. —Cálmese, señora Anderson. Fredrick y Helga son agricultores. Están acostumbrados a tener pollos en el salón ".

"¿Tienes la intención de seguir con la historia de la Sra. Anderson?" Dolly preguntó y tomó un trago de agua.

"¿No quieres ser la Sra. Anderson?"

Los ojos de Dolly recorrieron la habitación. "Por supuesto que sí, Trace, pero ..."

Trace saltó de su silla con una sonrisa en su rostro. Tiró de Dolly para que se pusiera de pie, envolvió sus brazos alrededor de su esbelto cuerpo y la besó con fuerza en la boca.

Cuando su ingle comenzó a moverse, Dolly se separó. "¿De verdad quieres que sea tu esposa Trace? Incluso después ..."

Él tomó su cabeza entre sus manos. Incluso después, Dolly. Quiero que vivamos juntos aquí arriba como marido y mujer ".

Dolly dio un paso atrás, reflexionando sobre sus palabras. "¿Quieres que vivamos como marido y mujer, pero en realidad no quieres convertirme en tu esposa ante un ministro de la iglesia?"

"¿Es eso realmente necesario?" preguntó con el ceño fruncido. "Quiero estar contigo y creo que tú quieres estar conmigo. ¿Necesitamos más que eso para ser marido y mujer? "

Los labios de Dolly temblaron mientras miraba al suelo. "Quiero ser tu esposa, Trace, y creo que te amo, pero no quiero ser solo tu puta. Quiero compartir tu vida aquí y también tu cama ".

Trace no dijo nada. Empujó a Dolly con su boca abierta y se fue furioso hacia el establo.

13

Trace frunció el ceño en su hermoso rostro cuando entró esa mañana y dolly no sabía qué esperar.

Ella desayunó en la mesa cuando Trace llegó a la cabaña esa mañana y ya había trasladado a los polluelos a la incubadora del gallinero. Se puso su nuevo vestido y se paró en el mostrador, mezclando algo en el cuenco de gres.

"Estoy haciendo un pastel para tus amigos", le dijo a Trace con una sonrisa incómoda mientras él se lavaba la cara y se afeitaba.

Trace frunció el ceño a la chica del espejo. "Helga y Fredrick son gente del campo, Dolly. No hay necesidad de dar aires con ellos ".

La boca de Dolly se abrió. "Solo pensé que un pastel sería bueno para tus amigos, Trace".

Ella lo vio secarse la cara y dejarse caer en su silla en la mesa donde engulló su desayuno y bebió su café sin decir una palabra.

¿Qué había hecho ella ahora? ¿Estaba enojado porque ella quería ser una esposa real y no solo su puta? Dolly no tenía la intención de permitir que otro hombre se aprovechara de ella, ni siquiera Trace Anderson. ¿Cómo podía esperar eso de ella?

Puso los moldes para pasteles en el horno. Planeaba hacer un pastel de mermelada con la mermelada de frambuesa entre dos capas de pastel amarillo y rociado con azúcar y glaseado de mermelada. El pastel no era nada lujoso, pero Dolly había ganado grandes elogios en las reuniones sociales de la iglesia.

Arregló la cocina, volvió a cepillarse el pelo y esperó a que llegaran los invitados de Trace. ¿Realmente quería continuar con este engaño de ser la esposa de Trace cuando no lo era? Dolly odiaba mentir. ¿Por qué no podrían simplemente ser honestos? Ella era una amiga de Concho que está de visita por un tiempo y él estaba durmiendo en el establo mientras Dolly duerme en la casa. ¡Hombres!

Dolly olió el pastel y fue a la cocina a revisarlo. Había sacado las cacerolas del horno cuando escuchó el carruaje afuera y se apresuró a ir al porche, nerviosa y emocionada de conocer a los amigos de Trace y sus vecinos más cercanos. Saludó con la mano y vio a Trace ayudar a la anciana a bajar.

Vestía de negro, como Dolly la había visto antes. Era una mujer corpulenta y rolliza con el pelo blanco trenzado y recogido en la cabeza. El hombre también era delgado y canoso, con una barba cortada de la misma manera que la del Sr. Lincoln sin bigote.

El anciano sacó una lata de leche del carro y la mujer una pesada cesta. Caminaron hacia la cabaña con una sonrisa en sus rostros mientras Trace tomaba la lata de leche del anciano y caminaba con ella hacia el sótano.

"Hola, joven", dijo la mujer a modo de saludo con un acento que Dolly nunca había oído antes. Trace le había dicho que la pareja era noruega. Dolly supuso que las

Montañas Blancas se parecían más a Noruega que las que encontrarían en Arizona.

Dolly salió del porche y le ofreció la mano a la mujer. "Soy Dolly. Es un placer conocerte ".

"Y yo soy Helga", dijo y le entregó a Dolly la canasta que llevaba. "Un pequeño obsequio en honor a tu unión con nuestro querido joven Trace".

Dolly tomó la canasta con reserva culpable. ¿Cómo podía ella aceptar con toda honestidad un regalo de bodas cuando no estaba casada? "Gracias", dijo Dolly. "¿Te gustaría entrar? Estoy haciendo un pastel ".

"Oh, sí, por favor," dijo Helga mientras cojeaba hacia el porche. "Me temo que estos huesos viejos ya no son lo que solían ser". Ella pronunció su 'th' como una 'z' y su 'w' como una 'v'. Dolly lo encontró exótico y encantador.

Dolly la llevó al interior hasta una de las sillas de la cocina. "¿Te gustaría una taza de café? Acabo de hacer una olla nueva ".

"Eso estaría bien." La anciana miró alrededor de la cabaña. "Este es un pequeño lugar muy agradable. No había estado aquí desde que falleció la pobre Lucy ".

Dolly dejó una taza de café sobre la mesa. "¿Azúcar o crema?"

"Ambos, por favor." Ella sonrió con una boca a la que le faltaban varios dientes. "Nunca me he acostumbrado a beberlo negro, como los estadounidenses".

Dolly dejó la jarra de leche que había preparado y el cono de azúcar sobre la mesa. "Voy a terminar mi pastel, si no te importa. La mermelada es más fácil y se absorbe mejor si el pastel aún está caliente ".

Helga la saludó con desdén. "No dejes que te aleje de tu trabajo, niña. Me sentaré aquí y disfrutaré de la sesión. No puedes hacer mucho de eso en una granja lechera. Hay que ordeñar, cuidar a los animales, procesar la leche y luego más ordeñar ". Helga rio. "Fredrick y yo hemos compartido una vida ajetreada juntos".

Dolly sonrió mientras untaba mermelada sobre las capas de pastel amarillo cálido. "Siempre me ha parecido mejor estar ocupada que inactiva y aburrida".

"Si ese es el caso", dijo Helga con una sonrisa, "Entonces Trace se ha casado con una mujer excelente". Cuando Dolly no respondió, agregó la anciana. "No te preocupes, niña. Fredrick me dijo que tú y Trace nunca fueron ante un ministro para casarse, pero no te preocupes lo mismo nos pasó a él y a mí. "

Dolly volvió la cabeza para mirar a la mujer con los ojos muy abiertos. "Tú y Fredrick no estáis ca..."

"Estamos tan casados como cualquier pareja que haya compartido cama durante cuarenta años". Ella sonrió con su sonrisa desdentada y se palmeó el pecho izquierdo. "Estamos casados aquí y eso es todo lo que importa".

"¿Tienen hijos?"

"He dado a luz a mi querido Fredrick nueve hijos", dijo mientras su sonrisa se desvanecía. "Tres nunca respiraron una vez salieron de mi útero antes de navegar hacia esta nueva tierra, tres murieron de fiebres antes de su quinto verano aquí en este nuevo mundo, y de los tres que sobrevivieron, una fue tomada por los indios y nunca la volví a ver." Helga pasó una mano por su vestido. "Es por ella que uso la ropa de duelo".

"Lamento mucho todas tus pérdidas, Helga", le dijo Dolly a la anciana mientras volvía a llenar su taza, pensando en lo horrible que debió haber sido que le robaran a un niño vivo para no volver a ser visto nunca más. "Perdí a mis padres cuando era una niña. Murieron en un accidente de carreta y todavía me duele pensar en ellos hoy ".

Helga tomó la mano de Dolly entre las suyas. "Gracias, jovencita. Eso es muy amable." Ella soltó su mano. "Afortunadamente, nuestro hijo e hija restantes nos han regalado a mi Fredrick ya mí seis maravillosos nietos. De hecho, estamos realmente bendecidos ".

Dolly regresó al mostrador para armar su pastel y mezclar mermelada, agua y azúcar para rociar por encima y correr por los lados de la dulce maravilla. Lo único que faltaba eran unas frambuesas frescas para decorar la tapa. Dolly levantó el pesado plato y lo llevó a la mesa donde Helga sonrió con admiración.

"Trace es un hombre afortunado por haber encontrado una mujer que puede cocinarle tantas maravillas". La anciana sonrió a Dolly mientras se unía a ella en la mesa con su propia taza de café. "Es un hombre afortunado que encuentra una mujer que puede satisfacerlo en la cocina tanto como ella lo satisface en el dormitorio".

Dolly sintió que se le ruborizaban las mejillas. "Sé que está contento con mi cocina", dijo Dolly en voz baja, "pero no puedo comentar sobre el otro. No hemos ... "

Los viejos y velados ojos de Helga se agrandaron. "¿No has experimentado su virilidad?" La anciana sonrió mientras sorbía su café. "¿Se compra un caballo sin sacarlo primero a dar un buen paseo?"

La boca de Dolly se abrió con sorpresa. Nunca había escuchado hablar así de una mujer de la edad de Helga. Quizás hacían las cosas de manera muy diferente de donde ella venía.

"Pensarás que soy una vieja bruja inmoral con semejante charla, como todas las demás en esta montaña," dijo Helga con un suspiro. "Quizás lo soy".

"¿Por qué te llamarían bruja?"

Helga se encogió de hombros. "Quizás porque soy

extranjera, solo me visto de negro y he perdido los dientes", dijo y sonrió. "Pero todavía vienen a mí cuando sus pequeños tienen tos y necesitan mi jarabe de saúco o tienen dolores y molestias en la cabeza y quieren mi té de corteza de sauce". Ella le guiñó un ojo. "Y las mujeres que han tenido demasiados hijos ya vienen cuando quieren mis semillas de zanahoria silvestre para evitar quedar embarazadas, o mi aceite de poleo para expulsar al niño de su vientre cuando la semilla de zanahoria no funcionó. "

"Oh, Dios", jadeó Dolly. "Tendrás que enseñarme todo eso. Siempre he sentido curiosidad por los medicamentos y cómo hacerlos ".

Helga sonrió. "Te maldecirán como a una bruja, pero tal vez no pierdas los dientes ni te vistas de negro como esta anciana y se muerdan la lengua". Vació su taza. "En esa canasta encontrarás una rodaja de queso amarillo, algunas de las increíbles salchichas de Fredrick, una vasija de queso blanco suave que habría sido una hermosa guinda para ese pastel y algunos paquetes de mi té de corteza de sauce para cuando tu hombre esté agotado del trabajó o cuando tenga una lesión que le cause dolor. "

"Gracias, Helga. Se lo agradezco mucho y estoy seguro de que Trace también lo hará ".

La mujer se levantó y cojeó hasta la ventana donde se podía escuchar a los hombres hablando. "Entren ustedes dos, para que podamos probar el hermoso pastel de Dolly".

* * *

El ceño había desaparecido del rostro de Trace cuando él y Fredrick se unieron a las mujeres en la mesa. Fredrick tenía una forma de levantarle el ánimo. Habían hablado sobre dónde agregar a la cabaña para construir y albergar su tienda, así como una adición para un dormitorio. No podía esperar que Dolly siguiera durmiendo en lo que era esencialmente la cocina durante mucho más tiempo.

"Mira este hermoso pastel que Dolly ha hecho para compartir con nosotros, papá", dijo Helga mientras Fredrick tomaba asiento a la mesa. "¿No es encantadora?"

El anciano le ofreció la mano a Dolly. "Es tan hermoso como la señora que lo horneó".

"Siéntate y deja de hablar como un viejo coqueto", reprendió Helga a su marido. Trace se negó a pensar en ellos de otra manera que no fuera marido y mujer, sin importar que nunca hubieran pronunciado votos en una iglesia.

Trace palmeó su estómago. Dolly está atada y decidida a engordarme como un cerdo para el matadero.

"El hecho de que cocine no requiere que te lo comas", dijo Helga con una sonrisa.

Trace se metió en la boca un trozo del pastel que Dolly le había cortado y sonrió. "¿Cómo no puedo, cuando todo está tan bien?"

"Eres un hombre afortunado, Trace", dijo Fredrick mientras masticaba un bocado del rico y húmedo pastel, "de haber encontrado una mujer que puede crear tales delicias en tu cocina". Le guiñó un ojo a Helga y levantó su taza de café a modo de saludo. "Que ella también te deleite en tu dormitorio".

"Papá, no avergüences a la niña", reprendió Helga a su sonriente esposo mientras levantaba su taza también.

Trace tomó la mano de Dolly en la suya y sonrió ante su rostro rojo. "Soy un hombre muy afortunado", dijo, "Nunca pensé que encontraría otra mujer con la que sentarme después de perder a mi Lucy, pero ahora tengo a Dolly y no podría estar más feliz".

Su corazón se calentó al ver la sonrisa de Dolly. Había

sido demasiado duro con ella. Si ella quería una boda ante un ministro, él haría todo lo posible para que eso sucediera. Comieron su pastel, terminaron una taza de café y compartieron una charla ociosa sobre la agricultura, los precios del ganado y todas las personas nuevas que se mudaban a la montaña desde el cálido desierto de abajo.

Fredrick y Helga finalmente se levantaron para irse. "Gracias por el hermoso pastel, Dolly", dijo Helga, "y la primera vez que tengas tiempo libre, ven a verme y te llevaré a caminar para ver las plantas y hierbas que uso y que crecen en esta maravillosa montaña nuestra ".

Fredrick le sonrió a Trace. "Parece que mi bruja también está tratando de convertir a tu chica en una".

Helga le dio una palmada en la espalda a su marido. "Cuida tu boca, viejo o correrás el riesgo de terminar como un cerdo hurgando en el corral con todos los demás y yo tendré que ser yo quien haga las salchichas".

Todos se rieron de la broma de la anciana. "Cuando regreses de tu viaje a Concho", dijo Fredrick, "juntaremos nuestras cabezas con mi Lars y comenzaremos a construir este lugar para darte a ti, Dolly y a los pequeños que vienen, un poco más de espacio y un espacio para trabajar ".

Trace vio la cara de Dolly torcerse en confusión. No le había hablado de sus planes de ampliar la cabaña o viajar de regreso a Concho y vaciar la casa.

"¿Te estas viniendo?" Dolly se aventuró en voz baja después de que Fredrick y Helga se hubieran ido.

Trace se acercó y tomó a Dolly en sus brazos. "Necesito cerrar la casa y empacar mis herramientas", le dijo. Me mudaré aquí para siempre para estar contigo ". Trace se apartó. "¿Quieres que le diga a Martin que estás a salvo y fuera de las manos de Davis?"

Vio a Dolly negar con la cabeza ligeramente. "Que el

bastardo piense que sigo siendo una esclava en un burdel de San Francisco adonde me envió".

Trace la besó y ella le devolvió el beso, pero se estremeció cuando su mano fue a su pecho. "Maldita sea, Dolly", maldijo. "¿No sabes lo que le haces a un hombre, haciéndolo excitar, vestida solo con tus pequeñas ropas de zorra de prostíbulo?" Su voz salió de su boca más áspera de lo que pretendía.

Vio que su labio inferior comenzaba a temblar y las lágrimas brotaban de sus ojos azules. "Llévame de vuelta a donde Martin, entonces", murmuró, "y puedes terminar con esta puta".

"Eso no es lo que quise decir, Dolly." Trace contuvo el aliento antes de decir algo más hiriente. "Voy a comprar una carreta allá en la ciudad y limpiar la casa y a venderla", le dijo, "y cuando regrese, después de que ambos hayamos tenido tiempo para pensar en ello, hablaremos sobre nuestro futuro". juntos."

Salió de la cabaña sin darle tiempo a Dolly para hablar. ¿Qué esperaba ella de él? Él era un hombre y tenía las necesidades de un hombre, más necesidades que solo buenas comidas, pasteles y tartas. ¿No podía entender eso?

Trace ensilló su caballo, ató su petate detrás de la silla de montar, llenó dos cantimploras y metió una camisa limpia en su alforja. No podía arriesgarse a que alguien reconociera a Bess, por lo que dejó a la yegua gris con su silla en el establo y preparó el carruaje de Davis para viajar. Podría tirar de la tabla de madera que tenía la intención de comprar y transportar los pocos contenidos de su casa y sus herramientas montaña arriba.

Antes de irse, Trace entró en la cabaña y dejó caer algunas monedas sobre la mesa en caso de que Dolly tuviera que ir a Vernon antes de que regresara. Ella no estaba en la cabaña. Quizás había ido a usar el baño.

Quería despedirse de ella, pero no iba a esperar por ella. Abrió el cajón de la mesita y sacó un papel y un lápiz rechoncho que usaban para hacer listas para la mercantil. Escribió: Regresaré en una semana o dos. Utiliza el dinero como mejor te parezca. Trace.

Pedir una disculpa en un papel y luego irse no parecía lo correcto, por lo que Trace lo dejó como estaba y regresó con los caballos.

14

Dormir esa noche no fue fácil para dolly. Lloró sobre su almohada, dio vueltas y vueltas.

Dolly escuchó el aullido de un lobo a través de la ventana abierta a los pies de su cama. No tenía idea de la hora. Trace no tenía reloj en la cabaña. Sin embargo, pensó que debía estar cerca del amanecer y se quitó la manta. Encendió la lámpara con una ramita que metió en la estufa y luego usó el orinal.

El lobo aulló de nuevo, pero esta vez sonó más cerca. Sabía que las gallinas atraerían a los depredadores, pero Dolly no esperaba nada tan repentino. Tal vez la loba se había sentido atraída por el olor de los caballos antes de que ella echara a los pollos. Había planeado dejar a las aves en el gallinero, pero tal vez debería esperar a que Trace regresara.

Pensar en el hombre hizo que se le llenaran los ojos de lágrimas de nuevo. Dolly respiró hondo y se los limpió. Se negó a perder más tiempo llorando. No estaba segura de lo que haría a continuación, pero ciertamente no sería llorar por un hombre que quería una puta en su cama y no una verdadera esposa como Lucy había sido con él.

Mantenerse ocupada fue la respuesta y Dolly comenzó preparando una taza de café. Su cubo estaba casi vacío. Tendría que hacer algunos viajes al arroyo para llenar el barril de agua afuera. Eso representaría una buena o dos horas de vagabundeo de un lado a otro y Dolly lo agradeció.

Mientras su café hervía, Dolly mezcló un lote de pan. El olor a pan recién horneado llenaba la cabaña con un aroma hogareño y siempre le levantaba el ánimo.

El sol asomó por el horizonte Este y Dolly salió al porche con una taza de café en la mano. Uno de los gallos jóvenes cantó rudamente como lo hacen los jóvenes y Dolly sonrió. Se sentó en la silla del porche y se echó sobre los hombros un chal que había encontrado en el fondo del armario.

Agosto estaría pronto sobre ellos y con él el comienzo de temperaturas más frescas en la montaña. Necesitaba tomar la hoz y cortar algunas hierbas para secarlas para el sótano. Las coles estarían listas para cortar pronto y las patatas listas para cosechar. Necesitaba preparar los contenedores para guardarlos.

La última vez que se había aventurado al arroyo, vio ciruelas gordas colgando en la espesura, no del todo rojas todavía. Dolly tomó nota de revisarlas hoy cuando fuese a buscar agua. Poco después de que maduraran las ciruelas, Trace le había dicho que las moras y frambuesas que crecían a lo largo del arroyo estarían maduras. Tal vez era hora de que fuera al sótano y trajera los tarros de cristal de Lucy para lavarlos y prepararlos. Necesitaría más azúcar para las mermeladas. Dolly tomó nota mentalmente de agregarlo a su lista para el mercantil.

Un pensamiento vino de repente a Dolly mientras estaba sentada disfrutando de la paz de la tranquila mañana de la montaña. Esta fue la primera vez que estuvo realmente sola en su vida. Ella miró hacia arriba para ver las ramas de los altos pinos meciéndose con la suave brisa. Unas pocas nubes grises siniestras se juntaron en el cielo hacia el sur y el aire se sentía pesado. Quizás hoy llovería. El jardín y los barriles de lluvia ciertamente le podrían servir.

A fines del verano, las tormentas se levantaron desde el sur, pero hasta el momento no habían visto más que algunos chubascos ligeros. Trace le había dicho que había sucedido así algunos años y que cuando llegaran las lluvias, serían feroces con fuertes vientos y truenos que sacudían las vigas. A Dolly le encantaba la lluvia. Tenían tan poca en Concho que era algo para celebrar cuando ocurriera aquí.

Mientras Dolly deslizaba los panes blancos crudos que se habían subido en la cocina caliente al horno, escuchó el primer sonido de un trueno. Se envolvió los hombros con el chal y salió a dar de comer a las gallinas y los caballos. Le sorprendió ver solo a Bess en el establo, pero sospechaba que Trace se había llevado el caballo de Davis por alguna razón. Le dio a Bess un vistazo rápido y llenó su comedero con alimento.

"Parece que nos espera algo de mal tiempo, Bessie", dijo Dolly y palmeó el cuello de la yegua. "Espero que los trueno no te asusten demasiado".

Las primeras gotas de lluvia cayeron después de que Dolly hubiese alimentado y dado de beber a los pollos jóvenes. Fue un diluvio cuando llegó al porche. "Ojala Trace tenga un impermeable con él o un lugar para refugiarse durante esta tormenta", murmuró Dolly para sí misma mientras se sentaba en la terraza viendo caer la lluvia a través de las gruesas ramas verdes de los pinos. Se sentó disfrutando de la lluvia que caía hasta que captó el aroma de su pan, se apresuró lo encontró muy marrón y cerca de quemarse.

"Maldita sea", siseó mientras se quemaba los dedos a toda prisa para sacar los panes del horno. Solo había quemado el pan una vez y Martin le había dado una paliza que Dolly nunca había olvidado.

"¿Quién va a hornear tu pan ahora? Me pregunto", murmuró Dolly para sí misma mientras ponía los crujientes panes en la parrilla para que se enfriaran.

Se frotó el lugar del costado donde Martin la había pateado tantos años atrás, dejando un horrible hematoma púrpura y una costilla rota que le dificultó moverse o incluso respirar durante varios días. ¿Cómo había permitido que le pasara eso? ¿Había algo que pudiera haber hecho?

Su hermano había aprendido ese comportamiento hacia una mujer de papá. Su padre había golpeado a su madre y le había gritado cosas terribles. Naturalmente, Martin se lo había transferido a su hermana menor cuando se vio obligado a hacerse cargo de ella.

Tal vez debería culpar a papá y no a ti, Martin, pero papá era un hombre trabajador que puso su dinero en el banco. ¿Y qué hiciste con él? Dolly negó con la cabeza y levantó las manos con frustración. "Ya es demasiado tarde para lidiar con eso, ¿no es así, Martin?"

La lluvia caía con fuerza contra el techo de cedro de la cabaña y Dolly podía oír el viento aullar. No estaba segura de qué aullido la molestaba más: el del viento ahora o el del lobo la noche anterior.

Dolly miró hacia arriba para ver los rollos de tela apilados pulcramente encima del alto armario y sonrió. Este era el tipo de clima para cortar y coser. No necesitaría llevar agua del arroyo para llenar los barriles y no necesitaría regar las plantas en el jardín. Todo lo que tenía que hacer hoy era cortar tela para las cosas nuevas que necesitaría cuando decidiera adónde quería ir y qué quería hacer una vez que llegara allí.

Dolly bajó el rollo de suave algodón blanco, lo extendió sobre la mesa y usó un lápiz para dibujar las piezas del patrón de un camisón, una bata, una camisola, una enagua y unos bombachos. Nunca antes había tenido bombachos y pensó que serían una buena adición a su guardarropa. Tiró los pequeños trozos que había cortado en la estufa y guardó los más grandes para usarlos más tarde en cuellos, puños y colchas. Dolly había aprendido a ser frugal con sus telas a lo largo de los años.

Primero haría el camisón y la bata. Dolly no tenía la intención de angustiar a Trace nunca más caminando por el lugar vestida como una zorra de salón de baile. Esas duras palabras aún le hacían llorar.

La costura y la lluvia le quitaron la mente de todo lo que había sucedido durante el último mes y medio, lo bueno y lo malo. Para cuando cayó la verdadera oscuridad, Dolly se había terminado el camisón y se lo había puesto. La tela de algodón suave y fresca se sentía bien en su piel y pensó que la próxima vez que se aventurara a ver en Vernon le preguntaría a la Sra. Sanders por un poco de franela. Un camisón de franela y una bata serían buenos para los meses de invierno en la montaña.

El irlandés estaba de pie junto al carruaje destrozado en el desierto húmedo y arenoso. Pauly deambuló por algún lugar entre la carreta y el carruaje de carga que habían dejado en el estrecho sendero de Holbrook.

"¿Estás seguro de que es su carreta?" Preguntó Pauly, cuando se acercó tranquilamente para unirse a él.

"Sí, es la suya", dijo el irlandés con un suspiro. "Reconoció ese pequeño desgarro en el cuero". Señaló un espacio de una pulgada en la tapicería de cuero negro en el medio del asiento de la carreta. "Pensaba quedarme con ella después que todo esto pasara".

"Le encantaba su carreta", dijo Pauly con una sonrisa nerviosa.

"No hables del hombre en tiempo pasado". Se quitó el bombín y golpeó a Pauly con él. "No hemos encontrado ningún cuerpo".

"Encontré dos tumbas más allá", le dijo Pauly, señalando con la cabeza hacia el sendero, "y parecen ser recientes". Se tiró de la camisa sudada. "Podrían ser los de Davis y la chica".

"Muéstrame", dijo el irlandés, y caminaron por el terreno fangoso hasta dos montículos de tierra con rocas que los cubrían contra los animales.

"Oye, jefe", llamó una voz femenina desde el carruaje y miró hacia arriba para ver un brazo desnudo haciéndole un gesto desde la ventana enrejada del vagón para gatos. "Ven aquí, jefe".

Caminó hasta el carro seguido de cerca por Pauly.

"Tal vez ella quiera un empujón", se rio Pauly.

El irlandés puso los ojos en blanco. ¿Ese tonto no piensa en nada más que en su maldita polla? Vio que era Millie, la mayor de las mujeres en el vagón desde que había entregado a Gretaa a Clegg en Colorado. "¿De qué estás hablando ahora, cariño?"

"Vi ese río o arroyo allá atrás", dijo Millie, balanceándose su cabeza de color marrón ratón sobre su hombro. —Las chicas y yo nos vendría bien un baño, jefe. Ha hecho un maldito calor aquí y Trixie ha tenido su menstruación corriendo por sus piernas toda la semana. Es un lío muy maloliente aquí".

El irlandés percibió el olor fétido de las mujeres demasiado sucias y el orinal demasiado usado que emanaba un terrible olor en el carruaje. Echó un vistazo al desierto vacío en kilómetros a la redonda y no vio señales de vida en el sendero. Supuso que sería seguro dejar salir a las mujeres para que se lavaran un poco y limpiaran un poco el carro. Un coño limpio vende mejor que uno sucio.

El irlandés se volvió hacia Pauly. "Coge el carro y aparca junto al agua", dijo, señalando con la cabeza las rápidas aguas del arroyo. "Las chicas necesitan un baño, las mantas necesitan lavarse y los orinales necesitan un buen fregado".

Pauly sonrió y apretó su entrepierna. "Tengo algo aquí para limpiarles el coño".

"Encuentra un buen lugar plano junto al agua y enciende un fuego", dijo el irlandés, sacudiendo la cabeza. "Acampemos aquí por un día o dos antes de llevar a las queridas a ese pueblo de juego en la montaña". Él sonrió. "Siempre hay buen dinero ahí arriba".

Pauly subió al carro. "Creo que tomaré el rifle e intentaré encontrarnos un conejo o dos para la cena. Las putas pueden sobrevivir con el jugo de la polla, pero necesito algo de carne en mi estómago".

"Esa es la primera idea productiva que ofreces en todo el día, muchacho. Sin embargo, baja el carro y pon a las mujeres cerca del agua primero".

"Lo haré, jefe". Pauly instó al caballo a ponerse en movimiento y dio la vuelta al carro.

El irlandés observó cómo el hombre se estacionaba en un lugar arenoso junto al arroyo. Pauly se bajó del vagón y usó su llave para abrir la puerta trasera. Gritó órdenes mientras las mujeres desnudas y demacradas salían del carro, arrastrando la cadena que sujetaba un grillete en el tobillo izquierdo de cada mujer con ellas. La mujer recogió piedras y construyó un anillo de fuego, luego se fue a recoger trozos de madera de cedro muerta para hacer fuego. Una mujer sacó las mantas sucias y desnudas del carro y las amontonó junto con el orinal junto al agua. Cada mujer lavaba su manta y la arrojaba sobre un arbusto para que se secara.

Pauly paseaba junto a las mujeres encadenadas poniendo las manos en sus pechos y entre las piernas. Antes de dejar entrar a ninguna de ellas al agua, se abrió los pantalones e hizo que cada mujer se arrodillara y jugara con su polla y su lengua.

El irlandés negó con la cabeza. Pauly era insaciable. Se sabía que iba de mujer en mujer durante toda la noche. El dueño del carruaje, como le gustaba pensar al irlandés, no sabía cómo lo hacía.

Una vez que todas las mujeres estuvieron en el agua, Pauly tomó el rifle y se adentró en los cedros.

"Ustedes, putas, se lavarán ahora", gritó el irlandés a las mujeres que se reían en el agua. "Tengo la idea de pinchar un coño limpio esta noche".

Sonrió cuando escuchó el disparo de un rifle y luego otro. El irlandés esperaba que Pauly hubiera tenido éxito y que tuvieran carne fresca esta noche. Había pasado demasiado tiempo viviendo de raciones secas y cecina salada.

Pauly regresó media hora después con el cadáver desollado y destripado de un antílope joven al hombro. Los ojos de las mujeres se agrandaron. Era más carne de la que los hombres podían comer solos, y sabían que se les permitiría compartir.

—Recoge más piedras para otro pozo —ordenó Pauly a las putas— y también leña. Necesitaremos dos o tres asadores para cocinar todo este banquete esta noche ".

A los pocos minutos, las mujeres tenían otro anillo de piedras lleno de madera y equipado con ramas de cedro en forma de Y para la carne que Pauly quitó del hueso y dividió en porciones. Levantó un hueso de la pierna ensangrentado y le sonrió a su jefe. "Creo que voy a pinchar a la pequeña mexicana con esto esta noche y luego verla roer la carne".

"Será mejor que lo pienses, Pauly", dijo el irlandés con una sonrisa. "Ella será propensa a roer la carne de tu polla alguna noche".

Pauly sonrió a través de su tupida barba. "No me importa un bocado o dos de vez en cuando. Se condimentan las cosas con fuerza cuando me dan razones para abofetearlas ".

Las mujeres comían como cerdos codiciosos, sus caras y manos chorreaban el jugo de la carne quemada que comían. Aunque las mujeres mayores les advirtieron que se controlaran y masticaran la carne por completo, algunas comieron tanta carne tan rápido que la vomitaron casi inmediatamente después de tragarla.

Pauly se sentó junto a su jefe con el jugo de carne brillando en su oscura barba. "¿Cuál te llevas esta noche, jefe? Me gustaría la pequeña mexicana si no la quieres o podríamos fingir que es la pelirroja y ambos tomarla ".

La polla del irlandés se puso rígida ante la mención de la bonita pelirroja. Había anhelado ver sus grandes pechos rebotar hacia arriba y hacia abajo mientras montaba su polla, pero si ella se estaba pudriendo en una de esas tumbas, eso nunca sucedería. "Creo que me llevaré a Millie esta noche", dijo, mirando a la puta pelirroja mayor comprobando la sequedad de las mantas.

Pauly resopló. "Ese viejo coño seco debería haberse dejado en Crane con Greta". Levantó una botella de whisky y bebió de un trago el líquido ambarino. "¿Qué crees que le hicieron?"

El irlandés se encogió de hombros. "Es difícil de decir. Vi a un chico golpear y estrangular a una chica y a otro destripar a una como a un pez y luego follar el agujero en su vientre todo el tiempo delirando, "¿Cómo te gusta eso, madre? ¿Qué te parece eso?"

Pauly negó con la cabeza. "Eso es asco".

"Debiste haber visto la vez que un tipo abrió las piernas de esta chica y usó una botella de whisky para penetrarla. Empujó la maldita cosa tan lejos que apenas pudo sostenerla, especialmente una vez que estaba manchada con su sangre. El irlandés negó con la cabeza. "Y deberías haber escuchado los horribles gritos y los ruegos de la pobre vaca vieja. Fue casi desgarrador.

"¿Ella murió?"

"Por supuesto, ella murió, idiota", espetó el irlandés. "Para eso le pagan a Crane. Le pagan para que mate a una puta sucia y sin valor una vez que se ha agotado ".

"¿Cuánto pagan esos muchachos por matar a una puta?" Preguntó Pauly. "Yo las mato solo por el placer de hacerlo ", sonrió burlonamente," y no pagó nada ".

"Escuché a Davis decir mil una vez que los hombres que miran pagan cien cada uno". El irlandés negó con la cabeza, imaginando esa cantidad de dinero. "A veces tiene cien o más en la habitación por mirar. Supongo que a algunos de ellos les gusta matar de diferentes maneras cada vez y atrae a una gran multitud ".

Los ojos de Pauly se agrandaron. "¿Pagaste cien dólares para ver cómo mataban a una puta con una botella?"

"Oh diablos, no. Davis y yo estábamos entregando a una chica y Crane nos invitó a ver, ya que ese era el tipo creativo ".

La mirada de Pauly se desvió hacia la bonita y joven mexicana y sonrió. "Creo que usaré mi botella aquí", levantó la botella de whisky vacía en su mano, "y estiraré su coño un poco más".

"No la mates", advirtió el irlandés.

"No, prefiero a mis mujeres vivas, pero no me importa que nadie las escuche gritar y suplicar un poco".

La mente del irlandés regresó a la pelirroja y lo bien que se había sentido su polla en su boca mientras veía lágrimas de vergüenza rodar por sus bonitas mejillas. Se puso de pie e hizo una seña a Millie. "Vuelve a encadenar tus perras en el carruaje, Mil y luego vuelve aquí. Mi polla necesita un poco de atención de tu lengua. "

—Claro que sí, Paddy —dijo con una sonrisa forzada antes de volverse hacia las mujeres—, recojan su ropa de cama, chicas. Es hora de volver al carruaje".

15

Trace se arrastró de regreso a la ciudad en la oscuridad de la noche.

Lo había atrapado la tormenta ese primer día y se había refugiado bajo unos álamos hasta que pasó lo peor. Había viajado con la ropa mojada hasta que se le secaron en la espalda y luego le llovió dos veces más antes de llegar a la base de la montaña.

Estaba preocupado por Dolly, pero sospechaba que se mantendría ocupada adentro hasta que pasara la tormenta. Esperaba que el viento no le hubiera hecho ningún daño. La cabaña había necesitado tejas nuevas durante un tiempo.

La casa de Concho había estado vacía por algún tiempo y olía un poco a humedad como siempre lo había hecho después de sus largas estadías en la montaña. Trace encendió una lámpara y miró alrededor del salón todas las cosas que Lucy había comprado a lo largo de los años. ¿Qué tomaría y qué dejaría atrás? ¿Debería tomar las cosas de Lucy para empezar una vida con otra mujer?

Trace tomó el retrato de hojalata enmarcado de su difunta esposa y las lágrimas brotaron de sus ojos. No pudo evitar sentirse infiel a Lucy por querer tanto estar con la joven y bonita pelirroja.

"Sé que te gustaba, Lucy, y pensabas que deberíamos hacer algo por ella cuando escuchamos que Martin la trataba como lo hacía". Se secó los ojos. "Bueno, lo estoy haciendo ahora".

Trace empezó a juntar cosas por el salón. Si no pensaba que serían prácticas o útiles en la cabaña, los dejaba. Los tapetes de encaje eran bonitos, pero no los consideraba muy prácticos. Al final, usó los tapetes para envolver los platos de vidrio tallado de Lucy y ponerlos en una caja para llevar.

Mientras vaciaba los estantes de la cocina, alguien golpeó la puerta principal. Trace respondió con el corazón latiendo con fuerza en su pecho. Era el ayudante Andy Green.

"Oh, hola, Trace. No sabía que habías vuelto ". El hombre de la edad de Trace, que asistía a la misma iglesia que él, sonrió. "Pensé que sería mejor revisar cuando vi la luz".

"Acabo de volver de cazar un poco", le dijo Trace. "De hecho, tengo un bonito alce joven en mi poder y es más de lo que necesito. Estoy seguro de que a ti y a Kate les vendría bien la carne con todos esos niños tuyos ", sonrió Trace," si lo quieres ".

El diputado sonrió. Tienes razón, lo quiero. Desde que desapareció el sheriff, no he tenido tiempo de cazar ni de matar un cerdo ".

"¿Qué pasó con el sheriff?" Preguntó Trace de manera despreocupada mientras él y Andy caminaban por la casa para encontrar a dos alces jóvenes colgados sobre el carruaje de Davis.

"Vaya", silbó el ayudante, "tienes dos buenos aquí".

"He estado cazando por un tiempo y me encontré con un

pequeño nicho a unas pocas millas de la ciudad", dijo Trace con un suspiro. "Pensé que vería si la señorita Mabel podría querer algo de carne fresca para su restaurante. Mi ahumadero está lleno".

Andy estudió los dos cadáveres con nostalgia. "Mi maldito ahumadero está casi vacío. No he podido hacer mucho durante semanas y Kate está lista para despellejarme".

Entonces, tómalos a los dos, Andy. Trace comenzó a desatar las cuerdas que sujetaban al alce en su lugar.

"No puedo hacer eso, Trace. No tengo dinero para pagarte por ellos como la señorita Mabel ".

Trace le sonrió al hombre. Cógelos, Andy. No los necesito y es lo cristiano ". Palmeó el hombro del amigo. "Dile a Kate que te prepare un buen bistec para cenar conmigo".

"Es probable que venga a darte un gran beso". Andy levantó uno de los cadáveres del alce de Trace y lo subió al suyo. "Ella no hace nada más que maldecir a Lucas por irse y dejarme aquí en su lugar para administrar todo sin paga".

"¿Qué quieres decir sin paga?" Preguntó Trace mientras desataba el otro alce y se lo llevaba al caballo de Andy.

"El gerente del banco dijo que Lucas le dijo que nadie excepto él debía tener acceso a la Cuenta del Fondo Legal y que no liberaría lo suficiente para mi paga o la de Willy".

"¿Has hablado con el Alcalde Brody al respecto? Él, si es que hay alguien, podría anular las órdenes del alguacil y obtener su paga ".

"Brody es un maldito astuto y está muerto de miedo de Lucas", juró Andy, "Tiene miedo de que Lucas regrese y él tenga que darle una vaca si se mete en la cuenta por cualquier motivo".

"Eso es una tontería", dijo Trace. "Él es el alcalde de esta ciudad y el dinero en esa cuenta pertenece a la ciudad, no al sheriff Lucas".

"Lucas no quiere que nadie sepa cuánto hay realmente en esa maldita cuenta", bufó Andy. "Sé que está obteniendo un porcentaje de la taberna para las chicas que trabajan allí y los hermanos Ross le están pagando para que mire hacia otro lado cuando adquieren ganado de otros rebaños y les cambian el nombre con sus elegantes R consecutivas".

Los ojos de Trace se agrandaron. "No tenía ni idea." Trace se sentía cada vez menos culpable por poner al hombre en el suelo. "¿A dónde diablos se ha ido de todos modos?"

Andy se encogió de hombros. Diablos si lo supiera. Salió de la ciudad con ese tipo de San Francisco cuando se llevó a Dolly Stroud y no hemos sabido nada de él desde entonces ".

"Tal vez se fue a California con el hombre".

"Y con Dolly", dijo Andy con una sonrisa. "¿Viste ese show que ella y ese tipo se pusieron en la ventana?" Andy negó con la cabeza. "Seguro que ojalá hubiera sabido que ella era esa clase de chica".

Trace sintió que su rostro se ponía rojo. "Eres un hombre casado con hijos, Andy".

"Nada dice que un hombre no pueda tener una relación con una puta de vez en cuando", dijo Andy con una sonrisa. Especialmente cuando su esposa está embarazada o justo después, cuando su coño está todo estirado y ensangrentado. Al menos eso es lo que dicen todos los muchachos del salón ".

"¿Qué más están diciendo todos los muchachos del salón?"

Andy sonrió y acercó la cabeza. "Escuché decirles que viejo Martin ha estado compartiendo su cama con su hermanita pelirroja todos estos años y fue quien le enseñó todos esos trucos de puta que ella mostraba en esa ventana ".

Trace apretó los puños con rabia. "¿Es eso así?"

"¿Dolly nunca cruzó la calle para compartir sus favores contigo, Trace?"

Trace miró al ayudante con el ceño fruncido. "No, y no creo que los chicos de la taberna sepan de qué están hablando. Dolly es una buena chica que va a la iglesia ".

"Creo que había engañado a todo el mundo. Sé que nunca más se le permitirá volver a poner un pie en la iglesia después de ese pequeño espectáculo que hizo aquí y salir con ese carruaje de putas ".

"¿De qué estás hablando?"

"Escuché decir que después de que ella montó su espectáculo aquí, ese tipo se llevó a Dolly a las afueras de la ciudad donde estaba estacionado su carruaje de putas y todos los que van allí se turnan con ella". Andy hizo una pausa y sonrió. "A veces, dos o tres a la vez. Seguramente me hubiera encantado haber visto algo así ".

"Estoy seguro", dijo Trace, apenas conteniendo su rabia. "Bueno, será mejor que destripes ese alce antes de que estropee la carne y asegúrate de darle a Kate lo mejor de mí parte".

Trace esperaba que decir el nombre de la esposa del hombre lo hiciera irse.

"Tienes razón, Trace", dijo Andy y palmeó la grupa de uno de los alces, "y gracias de nuevo por la carne. Kate y los niños lo apreciarán mucho ".

"No te preocupes", murmuró Trace mientras el oficial se alejaba.

Regresó a la pequeña casa que había compartido con Lucy y continuó empacando. Dolly nunca podría regresar a

Concho. Ella estaba arruinada aquí. Trace terminó con la cocina y fue al dormitorio. ¿Podría llevar la cama que había compartido con Lucy a la montaña para compartirla con otra mujer? Se sentó y pasó una mano por la colcha que Lucy había cosido el año en que murió. No, esto se quedará aquí.

Trace miró por la ventana y vio que se encendía una luz en la casa de Martin. Debe estar volviendo a casa después de una de sus excursiones nocturnas al salón. ¿Cómo podía mostrar su rostro en público cuando todos pensaban lo que pensaban de él?

Trace sabía que no era cierto. Dolly todavía tenía su cabeza de doncella y, aunque Davis, el sheriff y ese irlandés la habían utilizado, no era algo que Dolly quisiera o buscara.

Trace estuvo a punto de cruzar la calle y decirle a Martin Stroud exactamente lo que pensaba de él, pero no lo hizo. En cambio, Trace se quitó las botas y se reclinó en la cómoda cama que había compartido con Lucy. No había pensado que alguna vez desearía a otra mujer después de Lucy, pero el rostro de Dolly y esa masa de cabello rojo seguían presionando en sus pensamientos.

También había renunciado a la idea de tener hijos, pero Dolly todavía era joven. Ella podría darle un hijo. Ella no era pequeña como lo había sido Lucy. Quizás el cuerpo de Dolly podría soportar el nacimiento de un hijo suyo.

Trace cayó en un sueño intermitente y se despertó con el sonido del gallo de Dolly cantando al otro lado de la calle. Se sorprendió al encontrar al pájaro todavía vivo con Martin para atenderlo. Miró por la ventana hacia el patio trasero de Stroud para ver el cuidado jardín de Dolly cubierto de malas hierbas y los pollos vagando fuera de su gallinero.

Supuso que a Martin le resultaba más fácil dejarlos comer en el jardín.

Empacar sus herramientas en la tienda le llevó más tiempo de lo esperado, pero al mediodía, Trace salió de la casa con el caballo de Davis y fue a comprar una carreta a uno de los granjeros locales que había tenido una a la venta la última vez que Trace lo había visitado. Primero, fue al banco y retiró todos sus fondos.

"¿Hay algún problema, señor Anderson?" preguntó el gerente del banco, Herman Evans, después de que el cajero había entrado para decirle que uno de sus clientes más antiguos estaba retirando sus considerables fondos y cerrando su cuenta.

Trace consideró sus palabras. "He decidido volver a casa en Herm, Texas. Creo que es el momento ".

Los ojos del director del banco se agrandaron. "¿Qué vas a hacer con la casa? ¿La has vendido?

"Aún no." Trace no había considerado vender la casa. No sabía cómo lo haría ahora.

—Podemos encargarnos de eso aquí, señor Anderson. Recientemente agregamos una División de Bienes Raíces, que se ocupa de las ventas y transferencias de propiedad".

"La escritura está en mi caja de seguridad junto con una llave extra", dijo Trace.

"Eso es muy bueno", dijo el banquero. "Solo necesito que vengas a mi oficina y firmes un poder notarial, dándome la autoridad para actuar en tu nombre en el asunto de la venta, y la llave de tu caja de seguridad".

Trace firmó todo lo que el banquero le pidió que firmara y estaba seguro de que nunca vería ni un centavo de la venta de la casa. Nunca había confiado en el banquero baboso, pero Trace estaba listo para alejarse de su pasado en

Concho y su pasado con Lucy. Eso incluía la casa. Era hora de alejarse y comenzar una nueva vida.

El granjero y Trace establecieron un precio por la carreta y él la enganchó al caballo. Se llevó la carreta a casa y comenzó a cargarla. Mientras lo hacía, Martin Stroud se acercó tranquilamente vestido con un elegante traje negro y brillantes botas nuevas. En la cabeza llevaba un bombín negro con una pluma de gallo clavada en un lado sobre la oreja. El estómago de Trace se revolvió y apretó los puños con rabia.

¿A dónde te diriges, Anderson? Parece que te vas de Concho para siempre ". Martin lanzó un largo suspiro. "Seguro que me gustaría irme".

"¿Qué te retiene ahora que Dolly se ha ido?" Preguntó Trace, preguntándose cuál sería la respuesta del engreído idiota.

"Espero que vuelva en cualquier momento", dijo Martin con una mirada inquieta en su rostro.

"¿El viaje a San Francisco del que escuché hablar fue solo temporal entonces?"

Los ojos de Martin se agrandaron. "¿Quién dijo que fue a San Francisco?"

¿Estas bromeando? "Martin, todos los hombres en el salón saben que ella se fue a San Francisco con ese tipo en su carruaje para ser una puta y que se la vendiste después de haberla entrenado para que fuera precisamente eso ". Trace señaló con el dedo al hermano boquiabierto de Dolly. "Una puta sucia". Hizo todo lo posible para que el comentario se sintiera como si lo estuviera acusando de hacerle eso a su inocente hermana.

"Yo no hice tal cosa". Martin negó con tono indignado.

"Estaba en el banco, Martin", se burló Trace. "Herman me dijo que el tipo compró tu hipoteca y otros me han dicho que compró tus deudas de juego". Trace negó con la cabeza con disgusto y escupió en la calle. "¿Qué clase de hombre vende a su hermana como prostituta para cubrirse el culo?"

Cuando Trace se volvió para volver a cargar, Martin volvió a hablar. Dolly se fue por su propia voluntad, Anderson. Quería ir con Davis y prostituirse para él. No obligué a la perezosa a hacer nada ".

Trace apretó los puños, temblando de rabia. "¿Estás diciendo que tu hermana pequeña quería ser puta?"

"No, por supuesto que no", escupió Martin. "Ella quería ir con él porque no quería que Lucas me metiera en la cárcel o que ese hombre tomara mi casa". Martin señaló la casa que necesitaba urgentemente un trabajo de pintura. Esa perra perezosa me lo debía y ella lo sabía. Ella ...

Martin no tuvo la oportunidad de terminar su comentario. Trace echó hacia atrás su puño cerrado y le dio un puñetazo a la boca del idiota que envió el bombín volando a la calle embarrada y al hombre inútil con él.

Trace se acercó para mirar al hombre que intentaba ponerse de pie en el fango. Dolly no te debía nada, Martin. Después de diez años de cocinar tus comidas, limpiar tu casa y tomar tu malhablado abuso, diría que la niña había pagado cualquier deuda atada que pudiera tener con un hermano mayor, ya que eras su única familia se fue, no cuidaste de ella ".

Trace usó su bota para empujar al hombre que se tambaleaba hacia el barro. "Dolly se merecía algo muchísimo mejor que tú, Martin, y tú no merecías una hermana como ella". Trace escupió en la calle de nuevo, se dio la vuelta y entró furioso en su casa.

Con una sensación de satisfacción, Trace terminó de cargar el vagón con muebles que pensó que a Dolly le gustaría tener o que le resultarían útil. No estaba seguro de dónde los pondrían en la pequeña cabaña, pero tal vez cuando él y Fredrick hubieran agregado las habitaciones de las que habían hablado, Dolly tendría suficiente espacio para sofás, mesillas, tocadores y porcelana.

Trace recordó cómo Lucy había sonreído y se había preocupado por cada nuevo artículo del hogar y extrañaba ver ese tipo de alegría en el rostro de una mujer. Se preguntaba qué haría Dolly cuando viera lo que había traído.

Cuando Trace y su carreta salieron de Concho, Herman Evans se detuvo en una carreta hasta la propiedad de Anderson y colocó un letrero de se vende en la cerca.

16

La tormenta en la montaña duró tres días.

Cuando finalmente dejó de llover, Dolly tenía cosas nuevas para la noche en el armario, un par de ropa interior nueva en su cuerpo, y una falda de montar nueva y una blusa casi terminadas.

Había temido por el jardín, pero al inspeccionarlo, no vio agua estancada entre las hileras ni plantas enmarañadas en el barro por las fuertes lluvias. Todo estaba verde y saludable. Con un poco de sol, Dolly esperaba que pronto florecieran las patatas y los primeros lotes de guisantes dulces y judías verdes. Había fregado y hervido los frascos y las tapas de las conservas. Todo estaba listo para la cosecha.

Una semana después de que Trace se fuera, Dolly le dio la menstruación y se alegró de haber cosido algunas prendas de tela de desecho y tenerlas listas. No quería manchar sus cosas nuevas y se preguntó si la señora Sanders tenía la liga que necesitaba para mantener las almohadillas en su lugar. Dolly había hecho todo lo posible para improvisar una, pero resultaba incómodo y consumía mucho tiempo. Necesitaba una liga y la agregó a su lista de la mercantil en Vernon.

La lluvia había llenado los barriles de agua, pero Dolly quería revisar las ciruelas. Ella tomó su canasta y caminó hacia el matorral cerca del arroyo. Las tormentas habían hecho que el agua subiera considerablemente y se precipitara sobre las rocas a una velocidad tremenda.

El viento había enviado ciruelas rojas maduras al suelo y Dolly recogió lo suficiente para casi llenar su canasta. Ella probó una y la piel estaba agria con carne dulce y jugosa por dentro. La caída había magullado parte de la fruta, pero Dolly tenía la intención de convertirlas en mermelada de ciruela de todos modos. Terminó de llenar la canasta con fruta madura y regresó a la cabaña orgullosa de su generosidad.

Había dejado a los pollos jóvenes en el gallinero y les había arrojado algunas de las ciruelas más magulladas para que las disfrutaran. Ella alimentó a Bess y llenó su abrevadero con agua. Las pocas malas hierbas que habían brotado en el jardín tendrían que esperar hasta que el suelo se endureciera un poco. Dolly llevó su canasta a la cocina, lavó las ciruelas y las puso en una olla con agua a hervir y soltar la piel.

El libro de cocina escrito a mano de Lucy contenía la receta de la mermelada que Trace le dijo a Dolly que amaba. Revisó las páginas hasta que lo encontró y luego reunió los ingredientes. Dolly conocía bien a Lucy y admiraba a la mujer. Se le había roto el corazón cuando se enteró de que Lucy había muerto al dar a luz al niño que tanto quería darle a Trace.

Dolly se sentó con lágrimas en los ojos, recordando lo feliz que había estado Lucy cuando se dio cuenta de que habían pasado tres meses desde la última vez que había sangrado y supo que finalmente tendría el hijo de Trace después de esperar y orar durante tanto tiempo.

Lucy y ella se habían sentado juntas durante horas en el salón de Lucy, cosiendo ropa de bebé y edredones que nunca se usarían. Dolly se preguntó qué habría sido de ellos. Sabía que Trace había llevado la ropa de Lucy a la iglesia para distribuirla entre los pobres. Quizás había hecho lo mismo con las cosas del bebé.

Durante las siguientes dos horas, Dolly siguió las instrucciones escritas en la hermosa y fluida escritura de Lucy para producir seis frascos de pinta de la espesa y dulce mantequilla de ciruela. Tomó la mayor parte del azúcar que quedaba en la lata, así como la canela, y Dolly los agregó a su lista de cosas para conseguir en la tienda.

Una vez que había apretado las tapas de los seis frascos y los había hervido en la olla para sellar, Dolly llevó su costura a la silla en el porche para agregar los botones a la blusa y doblar las dos secciones de la falda de montar dividida. Mañana, probaría la falda nueva con un viaje a Vernon para los suministros que necesitaba. Dolly calculó que había suficientes ciruelas maduras en los árboles para otra canasta y seis frascos más.

A la mañana siguiente, después de un poco de pan tostado untado con un poco de mermelada de ciruela, Dolly dio de comer a las gallinas y a Bess. Palmeó el cuello de la yegua gris. "¿Qué tal un paseo hoy, niña?"

Dolly entró y se puso la falda que había hecho con popelina negra de gran peso. No podía usar una enagua y se había puesto el par de bombachos que acababa de hacer. Las prendas le parecían extrañas a Dolly después de toda una vida en enaguas y faldas, pero sin duda eran más prácticas para montar.

Añadió la blusa en yugo que había hecho de algodón a

cuadros azul y rojo con algunas líneas de negro para acentuar la falda. Dolly había recortado el canesú con un poco de encaje estrecho para agregar un toque femenino al atuendo por lo demás varonil. Dolly se puso las botas y se miró en el espejo. Se volvió un par de veces y concluyó que no se veía masculina en lo más mínimo. Con un poco de la popelina negra restante, haría una chaqueta para los meses más fríos.

Dolly abrió el pequeño cajón de la mesa entre las sillas del salón y sacó la nota de Trace y las monedas de plata que le había dejado. Se preguntó dónde estaría y cuándo o si volvería. Deslizó dos de las pesadas monedas de plata en uno de los bolsillos profundos que había agregado a la falda junto con su lista doblada. Dolly fue al establo y ensilló a Bess para el largo viaje a Vernon.

"¿Estás lista para ese viaje, niña?" Dolly preguntó en un tono alegre. Había estado encerrada demasiado tiempo y esperaba con ansias pasar el día al aire libre y al sol. También deseaba escuchar la voz de otro ser humano.

Dolly levantó la pierna para poner el pie en el estribo, se levantó y pasó la otra pierna por encima de la silla. Tenía que admitir que la falda de montar era bastante cómoda y mucho más práctica que montar con una falda normal. Sus tobillos y espinillas desnudas no estaban expuestos de una manera indecorosa y la parte interior de sus muslos no estaría descubierta por montar a horcajadas como un hombre.

El día era hermoso con cielos soleados y una ligera brisa que venía del Sur. Dolly esperaba que eso no significara más lluvia, pero no vio que se formaran nubes en esa dirección y suspiró aliviada.

Cuando llegó a la granja de Snydergaard, Dolly vio a

Fredrick y Helga en el jardín. Detuvo a Bess en el camino y se acercó a la pareja sonriente.

—Buenos días, señora Anderson —saludó Fredrick con una amplia sonrisa en su curtido rostro—. "¿Qué estás haciendo en este buen día?"

"Entrando en Vernon en busca de suministros", respondió Dolly.

Helga se acercó con una azada en su mano nudosa. "¿Y dónde está tu marido que no ha regresado todavía? "

El rostro de Dolly perdió su sonrisa al pensar en la ausencia de Trace. "Todavía no, pero espero que sea pronto".

Fredrick hizo un gesto con la mano con desdén. "Si se fue antes de las lluvias, probablemente estas lo retrasaron y si ha estado lloviendo allí probablemente esté atrapado en su casa. Regresará pronto ". Se acercó y le dio unas palmaditas en la mano a Dolly. "¿Cómo pudo mantenerse lejos de una mujer bonita como tú?"

Dolly se sonrojó cuando metió la mano en el bolsillo, sacó un frasco de una pinta y se lo entregó a Helga. "Hice un poco de mermelada de ciruela ayer".

La anciana tomó el frasco con una sonrisa en su rostro. "Gracias, niña. Cuando nuestras manzanas estén maduras en unos meses más, haremos juntos mermelada de manzana. ¿Si?"

Así que de aquí procedían las manzanas del sótano. "De hecho lo haremos, Helga. Espero que." Dolly se volvió hacia Fredrick. "Paré porque necesito más leche".

"Traeré más mañana", dijo, "y recogeré la lata vacía".

"Lavé el vacío para ti", le dijo Dolly mientras buscaba una moneda en su bolsillo. "¿Cuánto te debo?"

"Guarda tu dinero, niña", dijo Helga, "has pagado con creces una lata de leche con esto". Ella sostuvo el frasco en su mano.

Fredrick agregó: "Trace ya me ha pagado por varias latas de leche, Dolly".

"Oh, no lo sabía".

"Lucy y yo solíamos intercambiar cosas como esta", le dijo Helga. "Ella tenía sus ciruelas, moras y frambuesas, y yo tengo mis manzanas, melocotones y cerezas".

Dolly sonrió. "Es bueno saberlo. Esos ciruelos están cargados. Te traeré una canasta en uno o dos días ".

"Y te traeré leche mañana".

Dolly negó con la cabeza. "Espera hasta mañana y tendré ciruelas para que le traigas a Helga".

Fredrick sonrió y rodeó a Helga con el brazo. "Ya puedo probar la mermelada de ciruelas".

"Ja," Helga resopló, "tal vez si la cocinas. Tengo quesos para hacer ".

Dolly hizo que Bess se volviera y dejó a la pareja de ancianos con sus bondadosas discusiones. Disfrutaba de la brisa en su cabello mientras cabalgaba y el aroma a pino en el aire. El aroma de la madera recién molida y el sonido de los árboles cortados llenaron el aire cuando pasó junto a una sección del bosque que se estaba talando ".

Dolly se quedó sin aliento cuando vio una carreta muy familiar estacionada en un claro no muy lejos de la operación maderera. Escuchó las voces de las mujeres y vio a un grupo de leñadores fornidos holgazaneando alrededor de una hoguera. No vio al irlandés ni al otro hombre que había visto con él y la carreta, pero Dolly estaba segura de que debía de estar por ahí. Pateó a Bess al trote y esperó que no la hubieran notado cuando pasaba.

Su trasero ardía cuando se bajó de Bess en la Mercantil de Sanders en Vernon. Como había hecho antes, la Sra. Sanders la saludó con una taza de agua dulce y fresca.

"Eres la esposa de Trace Anderson, ¿no?" Preguntó la

mujer de mediana edad mientras miraba por la ventana. "¿Está él contigo?"

"No, vine sola. Trace tuvo que volver a Concho para revisar la casa allí y su negocio ".

"Señora Sanders asintió. "Él hace un buen trabajo", dijo. "Me encanta tener sus cosas en la tienda. Se agotan casi tan rápido como las coloco en los estantes ". Ella sonrió. "Trace es un buen socio comercial".

Dolly sonrió. Quizás Trace tenga un mercado aquí para sus productos después de todo.

"Realmente debería hablar con algunos de estos leñadores", continuó la Sra. Sanders. "Siempre buscan arneses y cosas así para trepar a los árboles".

"Me aseguraré de decírselo cuando regrese". Dolly buscó en su bolsillo su lista. "Estas son las cosas que necesito". Le entregó la lista a la Sra. Sanders y notó un despliegue de mermeladas y jaleas apiladas en el mostrador. Los pedazos de tela rosada habían sido colocados sobre la parte superior de los frascos sellados con cera en lugar de tapas de metal. La tela se mantenía en su lugar con trozos de cinta en colores coordinados atados en lazos. Dolly pensó que se veía encantador.

"¿También cambias por cosas como esta?" Preguntó Dolly.

"Lo hice", dijo la Sra. Sanders con un suspiro, pero la anciana Sra. Demming acaba de fallecer. Esos son los últimos frascos que recibí de ella ".

Dolly asintió con una idea formándose en su cabeza. ¿Por qué Trace debería ser el único buen socio comercial? "Voy a mirar a mi alrededor mientras usted recoge mi pedido, señora".

"Por favor, adelante", le dijo la mujer a Dolly. "Tengo una mesa entera en la parte de atrás llena de tela recién traída de

Denver. Es sobre todo tela de invierno más pesada como franela y lana ".

"Gracias señora. Le echaré un vistazo."

Dolly corrió por los pasillos, ignorando las bolas de jabón de olor dulce y las pantallas de lámparas de cristal tallado. La vista de tanta tela dejó a Dolly sin aliento. Siempre le había gustado coser y había estado haciendo sus propios vestidos desde los diez años, cuando su madre le puso por primera vez hilo y aguja en la mano. Cuando sus padres murieron, Dolly había estado haciendo camisas y chaquetas tanto para su hermano como para su padre.

Los rompecabezas eran algo que a Dolly siempre le había gustado, y no le había llevado mucho tiempo descubrir el hecho de que los patrones de los vestidos no eran más que piezas de rompecabezas que, cuando se hacían en la forma correcta, se podían coser para crear un vestido o una camisa. Dolly había estudiado las imágenes de vestidos en revistas para descubrir nuevos patrones. A lo largo de los años, había recibido muchos elogios de las mujeres de la iglesia por los vestidos y gorros que había hecho.

Dolly tenía un rollo de franela blanca inmaculada en la mano cuando la Sra. Sanders apareció a su lado. "¿No está hecha esa blusa con la tela que tú y Trace compraron hace unas semanas? Es absolutamente encantadora ". La mujer tocó la tela mientras estudiaba las costuras de Dolly.

Dolly sintió que se le ruborizaban las mejillas. "Y también utilicé la popelina para hacer esta falda de montar". Tiró de la falda con ambas manos para mostrarle a la mujer cómo estaba dividido en el centro con una entrepierna como pantalones de hombre.

"Eso es asombroso", jadeó la mujer. "¿Cómo se te ocurrió?"

"Lo vi en una revista de moda", admitió Dolly. "No uso silla lateral, así que pensé que sería perfecto".

"También sería perfecto para subir escaleras en esta tienda", dijo la Sra. Sanders con un suspiro mientras estudiaba a Dolly y su ropa. "Me temo que soy todo pulgar cuando se trata de dedales y agujas. Mi querida madre solía decirme que sería mejor que me casara con un hombre rico que pudiera permitirse una costurera para mí ". Ella le sonrió a Dolly.

"¿Considerarías hacer uno de esos para mí? Te pagaría, por supuesto ". La mujer sonrió. Y una blusa así también.

Dolly metió las manos en los bolsillos profundos. "¿Quieres bolsillos como estos también?"

Los ojos de la señora Sanders se agrandaron. "O Dios, sí, niña. Sería muy útil tenerlos por aquí. ¿Cuánto me cobrarías?

Dolly estaba perdida. Nunca antes había pensado en que le pagaran por su trabajo. Todavía tenía el rollo de franela en sus manos. "¿Cuántas yardas hay en estos rollos?"

"Diez si no me equivoco". Respondió la Sra. Sanders. "¿Por qué?"

Dolly rodeó a la mujer, estudiando su forma. Pareces tener mi tamaño, pero deberíamos usar una cinta de tela para estar seguros. Se necesitan seis yardas de tela para hacer esto: cuatro para la falda y dos para la blusa ". Dolly fue a la otra mesa y cogió un rollo de percal. "Podría hacer un vestido para mí o para ti a partir de esto y quedaría suficiente para hacer una camisa para Trace o tu esposo".

"¿También haces ropa de hombre?" Preguntó la Sra. Sanders con una ceja arqueada.

Dolly sonrió y arrugó la nariz. "No me importa hacer pantalones, pero puedo. Hice toda la ropa de mi hermano durante mucho tiempo, pero prefiero hacer vestidos, blusas y otras cosas de mujeres ".

"Espera aquí un minuto", dijo la mujer antes de salir corriendo hacia el frente de la tienda.

La señora Sanders regresó unos minutos más tarde con un periódico de moda que Dolly reconoció. Lo abrió por una página y señaló una placa de color de una mujer que llevaba un vestido elegante hecho con mucho encaje y un delantal con volantes. "¿Puedes hacer eso?"

Sería un patrón complicado y tomaría considerablemente más de seis yardas de tela, pero era factible. Dolly sonrió a la mujer de rostro ansioso. "Puedo hacer eso, pero se necesitará un poco de tela, encaje y cinta extra".

"Quería un vestido como este desde que abrí esa página", dijo, "pero nunca pensé en tener uno". Ella arrugó la cara con el ceño fruncido. "Vernon necesita una buena modista, pero no es lo suficientemente grande como para atraer a una como Prescott, Flagstaff o incluso St. Johns". La mujer tomó las manos de Dolly. "Te pagaré todo lo que me pidas por hacerme ese vestido, Sra. Anderson".

17

Después de tres días de duro viaje por la montaña, trace regresó a la cabaña y la encontró vacía.

Lo primero que hizo fue ir al armario y abrirlo. Dentro encontró un camisón de mujer y una bata en perchas y el vestido que había hecho Dolly. Luego vio su vieja ropa interior amontonada en el suelo a los pies de la cama.

Trace suspiró aliviado al ver que todavía habitaba en la cabaña y no había huido enojada porque él la había dejado sola. En el salón vio el cajón parcialmente abierto y sospechó que había ido a Vernon a buscar suministros.

En la rejilla sobre la estufa, Trace encontró una cacerola con pan de maíz y dos hogazas de pan fresco. En la caja del pastel, encontró seis frascos llenos de mermelada de ciruela y un frasco parcialmente lleno. Trace sonrió. Daba la impresión de que Dolly se había mantenido ocupada en su ausencaia.

Cortó un poco de pan y untó un poco de mermelada de ciruela. Trace sonrió. Sabía cómo el de Lucy. Cuando terminó, Trace salió para llevar a los caballos al establo, darles de beber, darles de comer y frotarlos después del largo viaje por la montaña.

Trace negó con la cabeza al ver que Dolly ya había llenado el comedero con agua y el recipiente con alimento. ¿Cómo pudo Martin haberla llamado vaga?

Aunque no quería hacer nada más que cambiarse de camisa, dejó caer en su silla en el porche y debía ponerse en píe, Trace volvió al establo y ensilló su caballo. Algo lo fastidiaba, diciéndole que necesitaba ir a encontrarse con Dolly en el camino. Necesitaba disculparse con ella y decirle cómo se sentía.

Trace subió su cuerpo grande y cansado a la silla y se dirigió hacia Vernon. Cuando se encontró con Fredrick cortando malas hierbas del sendero a lo largo del borde de su propiedad, frenó su caballo y se detuvo.

Fredrick dejó a un lado su herramienta de corte y se acercó a Trace con una sonrisa en su rostro arrugado y bronceado. "¿Estás buscando a esa esposa tuya, muchacho?"

"¿La has visto?"

"Pasó por aquí esta mañana de camino a Vernon. Pidió un poco de leche y me trajo un tarro de mermelada de ciruela que hizo. Fredrick le sonrió a Trace. "Tienes una buena mujer allí, Trace".

"Espero tenerla todavía".

Fredrick arqueó una ceja. "¿Qué quieres decir con eso?"

"Tuvimos palabras duras antes de irme".

"Achh", dijo Fedrick con un gesto de su mano gastada por el trabajo, "si Helga me hubiera dejado cada vez que intercambiamos palabras duras, nunca habríamos tenido nueve bebés".

Trace se rio entre dientes. "Tal vez eso hacía que se reconciliaran después de las duras palabras".

El anciano se rio entre dientes. "En ese caso, habría habido muchos más de nueve".

Ambos hombres rieron. Fredrick se detuvo de repente y frunció el ceño. "Debí haberle advertido esta mañana", dijo el anciano con un suspiro, "pero no pensé en eso hasta que Dolly se fue".

Algo se retorció en las entrañas de Trace. "¿Advertir a Dolly sobre qué, Fredrick?"

"Una nueva operación de tala se ha trasladado a la cresta", dijo.

Trace estaba confundido. "¿Por qué tendrías que advertirle sobre eso? Esos muchachos tienden a seguir trabajando en los árboles ".

"Eso es lo que pasa", dijo el anciano, "No se mantienen en los árboles"

"¿Por qué?" Trace preguntó con una inquietud creciente en sus entrañas.

"Porque uno de esos vagones de putas se ha estacionado allí justo después de donde están trabajando y esos muchachos pueden oler a puta a una milla de distancia". Fredrick se pasó una mano por el cabello ralo y sudoroso. "Debí haberle advertido a tu mujer que podría haber leñadores con pollas duras vagando por la carretera".

"No te preocupes por mi Dolly, Fredrick. Ella puede cuidarse sola ". Trace trató de parecer confiado, pero no sabía si lo lograría. "La última vez que estuvimos en Vernon, la vi golpear a un hombre en la cara y enviarlo al piso del salón por ponerse juguetón con ella después de nuestro almuerzo".

Fredrick sonrió. "Suena como mi Helga cuando era más joven. No dejaba que ningún hombre se tomara libertades excepto yo ".

Con los nervios ahora al límite, Trace se despidió del

viejo granjero. "Voy a seguir adelante y encontrarme con ella. Te veré cuando entregues la leche y comenzaremos con los planes para esas adiciones que quiero construir ".

"Haremos eso", dijo el anciano, "y dile a esa chica tuya que ya abrí ese frasco de mermelada de ciruela y es tan bueno como cualquiera que tu Lucy hayan hecho".

"Haré eso", dijo Trace con un gesto mientras se dirigía hacia el sendero. Sabía que solo le diría que Fredric pensaba que era bueno. Sabía lo suficiente sobre las mujeres para saber que a una le irritaría ser comparada con otra.

Trace mantuvo a su caballo moviéndose a un ritmo constante. No podía decir honestamente que estuviera preocupado por Dolly en un enfrentamiento con un leñador, pero la mención de Fredrick de un carruaje de putas le trajo recuerdos de ese irlandés y sus mujeres.

¿Podría ser el mismo carruaje? Trace no lo creía. Desde su escondite entre los cedros, Trace había escuchado claramente a Davis decirle al hombre que recorriera los fuertes militares en el Norte y luego se dirigiera a algún lugar de Colorado. ¿Podrían haber llegado a Colorado y volver aquí ya? Quizás estaban de regreso en busca de Davis y Dolly.

Su estómago se retorció de nuevo. Si hubieran regresado al lugar donde Davis los había dejado, es posible que se hubieran encontrado con la carreta destrozada y las dos tumbas. Tal vez piensen que los dos están muertos y simplemente seguían su camino cuando se toparon con la operación maderera y el irlandés vio una excelente oportunidad de negocio.

Trace siguió cabalgando durante otra hora antes de escuchar los sonidos de la operación maderera. Había rezado para que hubiera una señal de Dolly, pero no la había visto. Si había salido temprano de la cabaña, había comprado en Vernon y tal vez había almorzado, Trace esperaba encontrarse con ella en cualquier momento. Vio hombres riendo caminando por el sendero y supo hacia dónde se dirigían y de dónde regresaban. Rezó para que Dolly no hubiera tenido problemas con ese irlandés y ahora estuviese encadenada desnuda en ese vagón que usaban estos leñadores sudorosos.

Respiró hondo e instó a su caballo a avanzar. Estaba decidido a encontrar a Dolly y llevarla a casa.

18

————

Para cuando dolly dejó la tienda de la sra. Sanders, había medido a la mujer en su apartamento sobre la tienda y tenía pedidos para el vestido elegante, dos faldas abiertas con blusas y tres camisas para el esposo y el hijo de la Sra. Sanders. La mujer le había dado a Dolly dos de las camisas viejas de los hombres para que las desmontara para hacer patrones.

"Entonces, ¿cuánto me va a cobrar por esto, Sra. Anderson?" había preguntado la señora.

Dolly lo pensó. "Creo que sería un intercambio, señora. Por cada vestido que le haga y una camisa para sus hombres, le cambiaría un rollo de tela".

La boca de la señora Sanders se abrió. "¿Solo quieres un rollo de tela para todo ese trabajo?"

"Lo veo como un comercio justo", dijo Dolly. "Usted obtiene las prendas terminadas y yo recibo la tela para hacer lo mismo para Trace y para mí". Dolly sonrió. "Aún tendré que compartirte mis ideas o cambiarte por mermelada".

Los ojos de la señora Sanders se agrandaron. "Por

supuesto que tú también cocinas. Trace es un hombre afortunado de tenerte, niña ". Ella sonrió. "Y tú también eres una negociadora astuta".

Charlaron en el apartamento tomando café y galletas. "¿Crees que puedes hacer ese vestido antes de la velada de verano en tres semanas?"

"Siempre que me mandes toda la tela y los insumos hoy, estoy segura de que puedo".

La imagen de la prenda en el periódico de moda obviamente estaba destinada a estar hecha de seda o satén para una fiesta de la alta sociedad, pero Dolly convenció a la Sra. Sanders para que la hiciera con una tela de algodón más simple adornada con mucho encaje, cinta de raso y botones de perla.

"Vernon no es la ciudad de Nueva York, señora", había señalado Dolly, "y no quiere que las personas que son sus clientes aquí piensen que se está dando aires. Este vestido hecho de un simple calicó se puede usar para ese baile y para las funciones de la iglesia con solo un cambio de los guantes y gorra".

La boca de la señora Sanders se abrió mientras reflexionaba sobre las palabras de Dolly. "Tienes toda la razón, Sra. Anderson. Nunca hubiera pensado en cómo luciría un vestido hecho de tela elegante como el satén para las otras damas de la comunidad ". Volvió a llenar la taza de Dolly. Realmente es una maravilla, Señora Anderson. Estoy segura de que, si abrieras una tienda en Vernon, tendrías más negocios de los que podrías manejar ".

La cara de Dolly se sonrojó de nuevo. "Es demasiado para mí viajar para abrir una tienda en Vernon, Sra. Sanders". Alargó la mano y le dio unas palmaditas en la mano a la mujer. "¿Por qué no coso para ti y si te apetece, puedes recomendarme clientes de vez en cuando?"

"Por favor, llámeme Vivian", dijo la Sra. Sanders mientras se ponía de pie para que Dolly tomara su medida.

"Y por favor llámame Dolly".

Vivian se dio la vuelta con un movimiento de sus brazos. "Oh, puedo ver el letrero sobre tu tienda ahora," Dolly's Dressier, Custom Lady's Ware para la mujer práctica en Vernon ". ¿Qué piensa usted, Madame Dolly?

Dolly se rio. "Solo dame esa cinta, Vivian".

Vivian Sanders midió alrededor de los pechos que Dolly, más grande en la cintura y las caderas, y dos pulgadas más corto. Dolly lo marcó al final de la lista que había traído de casa y se lo guardó en el bolsillo.

"Eso es todo lo que necesito para hacer el patrón", dijo Dolly. "Será mejor que regreses si quieres hacerlo antes de que oscurezca".

Donald cargó tu caballo, Dolly, pero es mejor que lo tomes con calma. No quiero que laves y planches ese vestido incluso antes de que esté evento ".

"No se preocupe, señora, tendré mucho cuidado".

Bess estaba cargada con rollos de tela, manojos de nociones y sacos de azúcar, sal y harina. Necesitaba huevos, pero la señora Sanders no tenía ninguno en venta. Dolly también lo pensó. Probablemente los habría roto antes de llegar a casa de todos modos.

"Lo siento, Bess", le dijo Dolly al caballo después de haberlo montado, "pero te prometo darte un premio cuando lleguemos a casa".

Con el sol de la tarde a sus espaldas, Dolly intentó que Bess siguiera moviéndose a la sombra de los pinos y álamos que crecían a lo largo del sendero. Dolly sintió los rollos de tela apilados detrás de ella y sonrió.

Podía ganarse la vida cosiendo. Las palabras de Vivian resonaban en su cabeza. "Dolly's Dressier" sonaba tan elegante. Podía ver una tienda con un gran escaparate y disfraces con formas de vestidos en ese escaparate. Todos los vestidos tendrían gorros a juego.

Dolly brillaba de orgullo. De hecho, alguien quería pagarle para que cosiera y confiaba en que ella lo haría bien. Sintió un destello de duda y miedo durante un minuto. ¿Y si a Vivian no le gustaba el vestido? ¿Y si lo estropeaba de alguna manera?

Dolly escuchó la voz de su hermano en su cabeza nuevamente llamándola perezosa y estúpida. Apartó la voz de Martin de su cabeza. Ella no era perezosa. Siempre había trabajado todos los días desde que se levantaba por la mañana hasta que se retiraba por la noche y todavía lo hacía.

Él llegó a casa temprano una tarde y la sorprendió leyendo a la sombra afuera y le exigió que lo dejara de hacer y le preparara la cena. Su trabajo había terminado y era mucho antes de la hora de la cena, pero su hermano la había golpeado y reprendido de todos modos. Esto causaba dudas sobre sí misma y fastidiaba a Dolly. Ella haría el vestido de Vivian de inmediato y se cuidaría de hacerlo, asegurándose de que cada puntada fuera uniforme y cada botón cosido con fuerza.

Dolly se dijo a sí misma que no era ni holgazana ni perezosa. Ella tampoco era estúpida. La gente estúpida no hacía buenos intercambios como el que ella había hecho hoy. Fui a Vernon con tres dólares en el bolsillo y regreso a casa con la pobre Bess cargada y todavía con dos de los grandes dólares de plata en el bolsillo. Ciertamente, Martin nunca había logrado hacer algo así.

No pudo evitar preocuparse por su desventurado hermano. ¿Quién lo cuidaba ahora? Ciertamente no podía cuidar de sí mismo. Dolly sabía que Martin ni siquiera había frito un huevo. ¿Había dejado que se apagara el fuego de la estufa?

Dolly siguió adelante y mantuvo a Bess a paso lento. Ella tenía su mente llena de pensamientos sobre su hermano y no se dio cuenta del hombre que salía de los arbustos a lo largo del camino.

"Bueno, ahora", dijo el irlandés mientras agarraba el cabestro de Bess, "si no es la pelirroja chupapollas".

Su voz y la parada repentina llamaron la atención de Dolly y su corazón dio un vuelco mientras miraba al hombre que la miraba lascivamente.

"¿Qué pasó con nuestro Sr. Davis, cariño?" No puedo imaginar que te deje vagar así sola por el campo ". El hombre estudió las cosas cargadas en Bess. Te envió de viaje de compras, ¿verdad? Debes cuidar bien al hombre para eso ". Se acercó y agarró la pantorrilla de Dolly. "¿Dónde diablos está él, muñeca?"

Dolly se quedó sin habla por un momento. "Está muerto y enterrado", le dijo finalmente al hombre con los dedos clavándose en su piel y comenzó a patear al irlandés que se negó a soltar su pantorrilla.

"Deja de quejarte ahora", dijo y tiró de la pierna de Dolly con una sonrisa en su rostro. "Si Davis está muerto, eso significa que la carreta y las putas son mías ahora". Apretó y tiró con más fuerza de la pierna de Dolly, tratando de tirar de ella de la silla. "Eso significa que tú también eres mía".

"Quítame las sucias manos de encima, bastardo", gritó Dolly tan fuerte como pudo. "No pertenezco a nadie". Logró una patada satisfactoria en la cara del hombre.

Eso enfureció al irlandés y soltó las riendas que suje-taban a Bess para agarrar la pierna de Dolly. Ella apretó las piernas para sujetar al caballo con fuerza, pero el hombre la estaba desbancando.

"Baja aquí y deja que Paddy te libere de esa virginidad que el señor Davis tenía en tan alta estima". Tiró con fuerza para bajar a la joven de su posición. "Vendrás a mi vagón para chupar mi polla y ser penetrada, así que ya no la necesitarás.

Dolly se había envuelto los brazos con las riendas de cuero y se había inclinado sobre la silla para sujetar a Bess. "Déjame en paz", gritó Dolly con lágrimas de rabia deslizándose por sus mejillas. ¿Cómo podía volver a pasarle esto? ¿Cómo podía estar pasando esto cuando acababa de vislumbrar un futuro independiente para sí misma? Iba a ser costurera, no una puta en un carruaje sucio.

Dolly trató de hacer que Bess se moviera, pero el confundido animal permaneció en un lugar. "Vamos, Bess", gritó Dolly, pero el caballo se negaba a moverse.

"Parece que tu animal piensa que deberías venir con el viejo Paddy", dijo el irlandés con una risa enojada mientras tiraba de nuevo de la pierna de Dolly. "Si no vienes de allí, te daré la paliza de tu vida, cariño", le sonrió el irlandés, "y luego te entregaré a Pauly. Ese hombre disfruta repartiendo disciplina a las putas y no creo que tú disfrutes con sus métodos.

Dolly había soportado muchas palizas en su vida y no quería aguantar más, pero ciertamente no se iba a entregar a este bastardo irlandés para convertirse en una de sus putas. "Quítate de encima de mí", gritó y pateó de nuevo.

La patada aflojó el agarre de Dolly sobre Bess con sus piernas y el impulso del Irlandés la desmontó. Se deslizó de la silla, pero sus brazos permanecieron enredados en las riendas. Dolly colgaba torpemente del caballo con las manos por encima de la cabeza.

"Eso es más parecido", dijo el irlandés mientras giraba a Dolly para mirarlo. Se frotó la mancha roja de la cara donde

Dolly había aterrizado su patada. "Creo que te debo un poco por esto".

Echó el brazo hacia atrás y golpeó a Dolly en el estómago. El impacto sacudió a Bess y ella dio unos pasos, pero el hombre agarró el cabestro del caballo y la detuvo. "Quédate quieta, niña", dijo en el tono tranquilizador como el que se usa para los animales asustadizos, pero Dolly no estaba segura de que hubiera hablado con Bess o con ella cuando comenzó a desabotonar su blusa. "Quiero ver lo que hay debajo de nuevo", dijo con una risita absurda, "antes de que Pauly los alcance. A ese chico le gusta morder, ya sabes, y a más de una de mis chicas le falta un pezón ". Se rio de nuevo, "o dos".

El dolor por el puñetazo comenzó a remitir, pero la rabia solo se incrementó cuando el hombre le abrió la blusa y luego la camisola para desnudar los pechos de Dolly y chupar un pezón en su boca mientras pellizcaba el otro y amasaba su tierna carne.

—Lárgate de mí, bastardo —gritó Dolly tan fuerte como pudo en su oído antes de morderlo hasta que probó su sangre cobriza en la boca.

El irlandés gritó y se apartó de Dolly mientras se tocaba la oreja ensangrentada con la mano. "Pagarás por eso, perra", gritó y abofeteó a Dolly con fuerza.

Ella sonrió y le escupió el trozo de oreja que tenía entre los dientes a sus pies. "Mira lo que intentas poner en mi boca o es probable que también se pierdan partes".

"Puta de mierda", gritó y comenzó a abofetear a Dolly tan fuerte como pudo, una mejilla y luego la otra. Pagarás, perra. Te llevaré con Pauly y lo pagarás caro ". Miró desde la sangre de su mano hasta el trozo de carne que Dolly había escupido en el suelo. Su rostro enrojecido se puso más rojo cuando recibió más golpes violentos en la sección media de Dolly, lo que provocó que vomitara las tostadas y el café.

"Pero voy a follarte primero", le susurró al oído a Dolly. "En el coño primero, para tomar esa maldita virginidad, y luego en tu trasero", dijo con una sonrisa, "porque eso te hará gritar".

Mientras desabotonaba en el botón de su falda, Dolly gritó y luchó. "Fuera de mí, escoria irlandesa, lárgate".

La giró de espaldas para mirarla y abofeteó a Dolly de nuevo seguido de otro fuerte puñetazo. "Tranquilízate, cariño, recién estoy comenzando y cuando termine, creo que te acompañaré de regreso a la carreta, tal como estás, como un pequeño regalo para Pauly". El irlandés ensangrentado sonrió. "Haré que todas las muchachas miren mientras él administra su tipo especial de castigo como una advertencia por portarse mal".

El dolor de los golpes y el miedo a lo que se avecinaba hicieron que Dolly se desmayara. Cayó en la dulce e indolora oscuridad cuando el irlandés le bajó la falda y le arrancó los bombachos.

19

Trace acababa de pasar el carro de las putas cuando escuchó a una mujer gritar en la distancia.

Sabiendo que solo podía ser Dolly, Trace instó a su caballo a galopar y agudizó el oído para escuchar más. Pronto vio la yegua gris de Dolly en el camino, cargada de artículos y Dolly suspendida de la silla con los brazos por encima de la cabeza.

El hombre se paró frente a ella dándole bofetada tras bofetada en la cara y luego comenzó a golpear a Dolly en su estómago expuesto. La sangre de Trace hervía de rabia hacia el hombre y de culpa hacia sí mismo. Si no la hubiera dejado sola en la montaña, nada de esto le habría pasado.

Cuando Trace reconoció a el irlandés, este se estaba bajando los pantalones y levantando las piernas de Dolly alrededor de su cintura, Trace sacó su rifle y disparó al aire. El hombre soltó las piernas de Dolly, se apresuró a subirse los pantalones y se volvió hacia Trace.

"No hay nada de qué preocuparse aquí, señor", dijo el irlandés mientras sacaba un pañuelo del bolsillo y se lo ponía en la oreja ensangrentada. "Manejo ese carro que acabas de pasar, y ella será una de mis chicas. Tuvimos un poco de desacuerdo ", tomó el pañuelo ensangrentado y lo agitó," y yo estaba administrando un poco de castigo ".

Trace desmontó de su caballo y caminó hacia Dolly, que colgaba de Bess, inconsciente. "Creo que ya ha tenido suficiente".

El irlandés sonrió. "Ni por asomo. Esta chica tiene mucho que pagar. "Volvió a presionar el pañuelo contra su oreja. ¿Te gustaría probarla tú mismo? Ella está en su mejor momento y aún ..."

"¿Todavía qué?" Trace preguntó con un fuerte agarre en su rifle. Trace tenía la sensación de que sabía lo que iba a decir el hombre.

"Digamos que todavía está bastante fresca y sería un golpe agradable para un tipo como tú. ¿Qué tal si te dejo tenerla aquí gratis? Dijo el irlandés y sonrió mientras giraba a Dolly y pasaba la mano por una de sus suaves y firmes nalgas. "Incluso podrías elegir agujeros para meterla".

El estómago de Trace se revolvió cuando el hombre abrió las nalgas del trasero de Dolly. "Encuentro este hoyo bastante agradable", dijo el irlandés con la intención de seducir.

"Eres un pedazo de suciedad repugnante", dijo Trace antes de retroceder y golpear la culata de su rifle en la boca del hombre sonriente, enviándolo al suelo sin varios de sus dientes delanteros.

Trace dejó caer el rifle y cayó de rodillas. Golpeó al hombre en la cara varias veces más en su rabia por lo que el hombre le había hecho a Dolly. Pesaba más que el hombre en al menos veinticinco kilos y todo esos eran músculo. El rostro del irlandés estaba ahora tan ensangrentado como su oreja y desfigurado por las mandíbulas rotas a ambos lados de la cabeza. Trace escuchó al hombre gemir, ahogarse y luego quedarse en silencio.

Dolly gimió y atrajo la atención de Trace lejos del proxeneta silencioso. Desenvolvió las riendas de los brazos de Dolly y la bajó al suelo. Con lágrimas en sus ojos, Trace levantó la cabeza en su regazo y pasó una mano suave por su rostro hinchado. "¿Qué te hizo ese bastardo?" susurró mientras recorría con la mirada su pecho desnudo y su vientre magullado. Con vergüenza, Trace detuvo sus ojos allí. Le subió los bombachos y la falda y luego volvió a abotonarle la camisola y la blusa. "Has sido una chica ocupada mientras yo estaba fuera", dijo cuando reconoció la tela de la blusa como una que habían comprado en Vernon.

Cuando terminó de enderezar la ropa de Dolly, hizo un balance de los artículos cargados sobre la yegua gris. Él sonrió. "Parece que planeas estar más ocupada".

Trace volvió a bajar la cabeza al suelo y fue hacia su caballo por su cantimplora. Mojó su pañuelo y secó la cara de Dolly. Para su alivio, sus ojos hinchados se abrieron.

"¿Trace?" Dijo con voz débil y se estiró para tocar su rostro con dedos temblorosos. "¿Eres realmente tú o estoy soñando?"

Trace le sonrió. "Soy yo, cariño, y siento mucho haberte dejado aquí sola".

Dolly luchó por incorporarse sobre los codos y Trace la ayudó a sentarse. Vio al irlandés en el suelo y jadeó. "¿Está muerto?"

"Si no es así, deseará estarlo cuando se despierte".

Dolly echó sus brazos alrededor del cuello de Trace. "Te amo, Trace", murmuró sobre sus hombros, su voz era tan suave que Trace apenas podía distinguir las palabras. "Por favor nunca me dejes otra vez."

"Yo también te amo, Dolly", respondió con sinceridad, "y no lo haré".

Se sentaron juntos abrazándose hasta que Dolly le quitó la cabeza del hombro y gritó. "¡Detrás de ti, Trace!"

Trace soltó a Dolly y tomó su rifle. Se volvió y vio a un hombre corpulento y barbudo que acechaba hacia ellos. Vio al irlandés en el suelo y el reconocimiento floreció en su rostro cuando vio a Dolly. "¿Qué le hiciste a Paddy y qué estás haciendo con mi puta pelirroja?" Corrió hacia ellos, alcanzando a Dolly. "Ella es nuestra y tengo la intención de recuperarla, señor".

Trace levantó el rifle. "Dolly no pertenece a nadie", gritó y le disparó al hombre que atacaba, "sino a mí". Trace esperó a que el hombre cayera y luego tomó a Dolly en sus brazos. La abrazó mientras ella lloraba y lloró con ella.

Había matado a tres hombres por esta mujer. No sabía cómo se sentía al respecto y se preguntaba cómo se sentía Dolly al respecto. ¿Lo seguiría viendo como un hombre bueno y temeroso de Dios o lo vería como un asesino? Dolly estaba viva y fuera de peligro. Eso era todo lo que importaba.

Dolly se puso de pie. Tropezó con el cuerpo del hombre barbudo, se inclinó y tiró de un anillo con una llave de hierro que colgaba de sus pantalones. Luego caminó hacia el irlandés, lo miró fijamente durante unos minutos y lo pateó en la cabeza hasta que su cerebro y sangre brotaron de sus oídos.

Se volvió hacia Trace con una mirada severa en su rostro magullado. "¡El bastardo está muerto ahora!"

Dolly caminó hacia Bess y montó con algunos gemidos dolorosos. Instó al caballo por el camino y Trace la siguió. En el carruaje, tres hombres se sentaban esperando alrededor del fuego. "Este carruaje está cerrado por negocios, muchachos", siseó. "Será mejor que se pongan en camino".

Uno de los hombres se puso de pie, seguido de los demás. "Hemos estado esperando un buen tiempo. Ese hombre dijo que volvería enseguida ".

"Yah", dijo uno de los otros, "terminamos de pagar". Entrecerró los ojos y dio un paso hacia Dolly. Tu coño servirá. No lo creen, muchachos "

Trace disparó su rifle al aire. "Sería inteligente si hiciera lo que dijo la señora y se ponen en camino de regreso a su campamento".

Los hombres corrieron de regreso al sendero y desaparecieron hacia la operación de tala.

Dolly tomó la llave y abrió la puerta de hierro en la parte trasera del carruaje. El aroma de las mujeres sucias y un orinal sobrellenado salió flotando, lo que hizo que Trace se tapara la nariz y tuviera arcadas.

Una de las mujeres mayores se puso de pie y se acercó a la puerta. "¿Dónde están Paddy y Paul?"

"Muertos", dijo Dolly sin rodeos.

"¿Qué pasa con nosotras?" preguntó la mujer con los ojos muy abiertos.

"Son libres", dijo Dolly y le arrojó la llave a la mujer. "¿Saben cómo enganchar ese caballo al carruaje y conducirlo?"

La mujer asintió mientras abría su grillete y luego le pasaba las llaves a la siguiente mujer. "Todos tuvimos que turnarnos para enganchar y desenganchar a Clyde", dijo, "pero no podemos ir exactamente conduciendo por la carretera de esta manera". Hizo un gesto hacia su cuerpo desnudo.

Dolly empezó a quitarse la blusa y la falda. Se los entregó a la mujer. "Pónganse estos y sigan este sendero hasta el pequeño pueblo que se encuentra adelante. Son unas dos horas. Ve al Mercantil de Sanders y cuéntale a la mujer lo que te pasó ". Dolly estudió a la mujer. "Los cuerpos de esos hombres están un poco más arriba en el camino. Calculo que el dinero que les han pagado por sus servicios está en uno o en ambos. Tómenlo y pídale a la Sra. Sanders que les ponga ropa nueva de su tienda ".

Las otras mujeres se acercaron a la puerta con los ojos muy abiertos. "¿Quieres decir que ya no tenemos que hacer esto y podemos ir a casa si queremos?" preguntó una niña muy joven con lágrimas en sus grandes ojos marrones.

"Eres libre de ir a donde quieras y hacer lo que quieras", le dijo Dolly, de pie con su camisola, bombachos y botas. Ella señaló hacia el Norte. "Creo que hay un riachuelo justo a través de esos árboles si todas se quieren lavar un poco.

Trace no pensó que pudiera estar más orgulloso. Giró su caballo hacia el camino y miró hacia otro lado cuando las mujeres desnudas saltaban del carruaje y abrazaban a Dolly por darles su libertad.

Trace sabía que la mayoría, si no todas, nunca volverían a ser bienvenidos en sus hogares, si es que alguna vez tuvieron uno. Ahora eran putas y probablemente terminarían sus vidas como putas en un lugar u otro. Ojalá no fueran en un carro sucio como ese, con hombres como Davis, el irlandés y su secuaz.

Dolly montó a Bess y se unió a Trace en el camino. Se apresuraron a pasar la casa de Snydergaard cuando llegaron. Ninguno de los dos quería que la pareja de ancianos viera a Dolly cabalgando en ropa interior.

"¿Qué es todo esto?" Preguntó finalmente Trace, señalando con la cabeza los rollos de tela y los bultos atados a la pobre Bess.

"Suministros", dijo Dolly con una sonrisa. "Por favor, no

me hagas reír. En verdad duele. Prometo explicarlo todo mañana ".

"Voy a obligarte a hacerlo".

"Esa fue una blusa bonita y una falda de apariencia muy útil", le dijo Trace. "Lamento que hayas tenido que perderlas".

Dolly negó con la cabeza. "Todo está bien. De todos modos, no creo que hubiera podido volver a usarlos después de lo que pasó hoy ".

—Todo fue culpa mía, Dolly. No debí haberte dejado sola con la necesidad de ir a Vernon. Lo siento mucho."

"La decisión de ir a la ciudad fue mía, Trace. Realmente no lo necesitaba, pero quería hacerlo ", dijo con un suspiro. "Necesitaba poner a prueba mi independencia".

"¿Quieres ser independiente, Dolly?" Trace preguntó con preocupación que lo regañaba. ¿La había ahuyentado?

Dolly respiró hondo. "Ya no quiero vivir mi vida como la esclava doméstica de nadie y tampoco quiero vivir mi vida como la puta de alguien".

Trace le sonrió a la luz que se desvanecía. "¿No es eso lo que es una esposa?" Él rio entre dientes. "¿Una esclava doméstica y la puta personal de alguien?"

"No lo sé, Trace", dijo, devolviéndole la sonrisa. "¿Una esposa recibe un dólar cada vez que deja que su esposo le dé sexo?"

Trace estalló en una estruendosa risa. "Me tienes ahí con eso, Dolly". Su risa se calmó mientras se acercaban a la cabaña. "Lucy me hizo la misma pregunta una vez". Él se quedó mirando la cabaña, recordando a la bonita rubia que había compartido su cama durante casi diez años. "Tenía un frasco de un galón casi lleno de dólares de plata al lado de la cama cuando murió".

"¿Qué es todo esto?" Dolly preguntó cuando vio la carreta frente a la casa.

Trace sonrió. "Mi pasado", dijo con un suspiro, "y nuestro futuro".

20

Dolly estaba detrás de vivian sanders, atando un lazo adornado con encaje sobre la falda del vestido que había cosido cuidadosamente para la mujer.

"Es absolutamente hermoso", dijo Vivian efusivamente mientras miraba su reflejo en el espejo ovalado de cuerpo entero que estaba en su dormitorio.

"Inclínate por un minuto", le dijo Dolly a la mujer y cuando lo hizo, Dolly se clavó algo en la cabeza. "Hice este pequeño sombrero. No es exactamente como el de la imagen, pero está cerca ".

Vivian levantó la cabeza y miró su reflejo. Su mano fue hacia el sombrero hecho con la misma tela que el vestido y adornado con encaje y cinta. Dolly vio lágrimas en los ojos de Vivian cuando jadeó: "Es absolutamente divino", y rodeó a Dolly con sus brazos. "Usted es una hacedora de milagros, Madame Dolly y no puedo esperar para mostrar esto en el baile del sábado". Vivian la abrazó de nuevo. "Todas las mujeres de la montaña querrán que lese hagas una". Vivian sonrió. Pero no como este. Quiero que este sea todo mío ".

"Prometo mantener este patrón solo para ti", le dijo

Dolly y luego sonrió. "Aunque podría querer hacerme uno similar para una ocasión especial".

Dolly tuvo que adivinar el tamaño porque había olvidado que el trozo de papel con las medidas de Vivian, todavía estaban en su falda cuando se las dio a la mujer del carruaje, pero el vestido quedará perfectamente y se parecerá mucho al color en la revista de moda.

"Podrías hacer uno igual en blanco para un vestido de novia", gorjeó Vivian. "Incluso te pediría el raso como mi regalo si quieres y lo exhibiría aquí en la tienda".

"Eso es dulce de tu parte, Vivian, pero el satén blanco no es muy práctico para la esposa de un montañés". Ella miró a Trace. "En todo caso, he descubierto que la gente de las montañas aquí es muy práctica".

—Mejor consigue un precioso algodón pulido. Hay un hermoso verde menta y lavanda que se vería hermoso con ese cabello rojo tuyo ".

Dolly sonrió. "Vamos a echarle un vistazo".

Cuando regresaron a la cabaña esa noche, Dolly les había hecho pan tostado. Trace cortó un poco de jamón y lo calentó, junto con el pan. Mientras comían jamón entre rebanadas de pan, untado con la mermelada de ciruela dulce de Dolly, Trace tomó su mano, cayó de rodillas y le pidió que fuera su esposa.

"¿Una esposa real con palabras pronunciadas ante un ministro en la iglesia?" Dolly preguntó con inquietud.

"Es justo", le dijo. "Me casé con Lucy en una iglesia antes que todos sus familiares. ¿Por qué debería esperar algo diferente para ti? "

"Dolly envolvió sus doloridos brazos alrededor de su cuello y besó a Trace como nunca antes lo había besado. "Te amo, Trace Anderson. Te he amado durante años ".

"Y te amo, Dolly Stroud", dijo Trace y la besó de nuevo.

"Yo juro que te amaré por todos los años que me quedan en la vida ".

La abrazó hasta que la escuchó crecer en dolor. Trace la dejó ir y dio un paso atrás. "Lo siento mucho." Echó un vistazo al salón y vio toda la tela apilada en las sillas. "¿Ahora me dirás qué está pasando con todo eso?"

Dolly respiró hondo y sonrió. "Ahora soy una mujer de negocios independiente", dijo, cuadrando los hombros en la silla mientras le contaba a Trace sobre su acuerdo con Vivian Sanders. "Ella también quiere llevar tus artículos de cuero en la tienda".

"¿Va a ser mi gerente comercial, Sra. Anderson?"

"Tal vez si me construyes algunos estantes para guardar mi tela y una mesa más grande para cortar, señor Anderson".

Trace sonrió. "Hay una mesa grande que uso en mi tienda en esa carreta y puedes usarla. También habrá muchos estantes en la tienda que planeo construir con Fredrick ". Trace señaló la pared donde estaba el armario. "Supongo que tendremos que compartirlos".

Dolly lo besó. "Compartiré todo contigo, Trace".

Trace puso los ojos en blanco. "Veremos cómo funciona eso cuando necesites cortar material para un vestido que alguien te ordene, y yo necesite cortar cuero para algo".

"Haremos que funcione", dijo con un bostezo.

"Has tenido un día difícil", dijo y se puso de pie. "Te veré en la mañana".

Dolly le apretó la mano. "No me dejes, por favor".

Trace miró hacia la cama. "¿Estás segura de que eso es lo que quieres?"

"Sé que ya no quiero estar sola y no quiero que duermas en el establo". Dolly le apretó la mano. "Por favor, quédate aquí conmigo". Tiró de Trace hacia ella y lo besó de nuevo. "Te amo, Trace y quiero que te quedes conmigo".

Trace le tocó la cara. "Me quedaré aquí contigo, pero no en la cama. Dejaré mi petate en el suelo de la sala hasta que un ministro nos case. Él sonrió. "¿Cuándo quieres hacerlo?"

"Vivian Sanders quiere su vestido para el baile de verano en tres semanas, ¿puedes esperar hasta después de eso?"

"Y después de que te hagas un vestido", dijo con un beso en la frente. "Saldré a buscar mi saco de dormir".

Trace salió de la casa y Dolly fue al armario donde se sacó el camisón y la bata, se quitó la ropa interior y se cubrió con su camisón.

Durante las siguientes tres semanas, la vida de Dolly y Trace fue un frenesí de actividad. Dolly fue al matorral de ciruelas y llenó una canasta con las gordas ciruelas rojas para Helga y Fredrick. Trace y el anciano marcaron las esquinas para el espacio de la tienda y un dormitorio grande.

Trace llevó los muebles de la casa de Concho a la cabaña. Dolly hizo todo lo posible para arreglarlo todo y aún poder tener espacio para caminar por la habitación. Trace guardó las cosas de su tienda en el establo, excepto la gran mesa que dejó frente a la casa, cerca del porche.

Dolly lo usó para extender la tela del vestido de Vivian, dibujar el patrón con tiza y recortarlo. Se tomó su tiempo y cortó con cuidado. Hizo lo mismo con la costura, asegurándose de que todas las costuras fueran rectas y con doble puntada en los lugares que podrían estar forzados, como debajo de los brazos y en la cintura. Dolly se tomó su tiempo para hacer el dobladillo del delicado encaje antes de rizarlo y usar cinta de raso para sujetar los bordes del encaje. Dolly tardó casi tres semanas en terminar el vestido, el delantal y el sombrero.

"Es muy bonito, Dolly", le dijo Trace mientras estudiaba sus costuras. "Haces un muy buen trabajo y deberías estar orgullosa".

La cara de Dolly se sonrojó de vergüenza cuando comenzaron a martillar. Fredrick y su yerno habían comenzado a enmarcar las nuevas incorporaciones. "Gracias, Trace. No puedo esperar para hacerte camisas. Solo necesito tomar tus medidas primero. Eres mucho más grande que Martin ". Ella rio. "Sin embargo, este martilleo nos va a volver locos a mí y a mis pobres pollos".

La mención del nombre de Martin hizo que a Trace se le erizara la piel. En lo que a él respectaba, Martin Stroud merecía estar en una tumba junto a Davis, el sheriff y los otros dos hombres que Trace había matado. Tenía mucha suerte de no haber sido estrangulado en la calle ese día.

No hablemos de tu inútil hermano, Dolly. Este es nuestro momento ahora. Estamos comenzando una nueva vida juntos y no lo necesitamos en ella ".

"Es mi hermano, Trace, y la única familia que me queda. Al menos deberíamos invitarlo a la boda ". Dolly se encogió de hombros. "Podemos invitarlo y si no quiere venir, no tiene por qué hacerlo.

Trace no quería que la gente supiera dónde estaban él y Dolly. Todavía le preocupaba que encontraran la tumba del sheriff.

Trace lanzó un largo suspiro. No le importas un carajo, Dolly. Te vendió a Davis sin pensar un poco en lo que ese bastardo pretendía para ti. Lo único que le importaba era que sus deudas estuvieran cubiertas ".

"Al menos la casa está pagada de nuevo y sin mí allí para detenerlo, Martin puede seguir con su vida".

El Sr. Evans en el banco me dijo que Martin ya ha vuelto a hipotecar la casa, Dolly. Está pavoneándose por la ciudad con ropa nueva y elegante y diciendo que volverás cualquier día cuando todos sepan que te fuiste a San Francisco con Davis ".

La boca de Dolly se abrió y las lágrimas llenaron sus ojos. "¿Es eso lo que dicen de mí en casa, que soy una puta?"

Trace la tomó en sus brazos y le besó la coronilla. "Esta es tu casa ahora, Dolly y todo lo que te estoy pidiendo es que seas mi esposa. ¿Llevamos ese hermoso vestido a la ciudad para que Vivian se lo pruebe?

Dolly se secó las lágrimas de la cara y forzó una sonrisa. "Sí, vamos."

Hicieron el largo viaje a la ciudad con el vestido doblado y envuelto en papel que Dolly había guardado. Entraron en la tienda y Vivian los saludó con agua.

"¿Ese es mi vestido?" preguntó con regocijo mientras tomaba el paquete de manos de Dolly y lo abrazaba contra su pecho. "Oh, no puedo esperar a verlo y luego usarlo para el baile".

Trace sonrió y le entregó su taza vacía. "Y luego puedes usarlo en nuestra boda".

Vivian se quedó boquiabierta. "Pero pensé que ya estabas casada".

Trace miró a Dolly con el rostro pálido. "Antes fue solo una ceremonia civil", dijo, recuperándose, "pero ahora queremos hacerlo bien en la iglesia ante un ministro".

Vivian sonrió. "Pues claro que sí. ¿Cuándo es la ocasión feliz? "

Trace se encogió de hombros. "Solo es eso. Tengo que encontrar un ministro y una iglesia ".

"El reverendo Porter pasa por su circuito cada pocas semanas y realiza servicios en el Ayuntamiento. Estoy seguro de que estará en el baile el sábado por la noche ".

Vivian sonrió. "¿Debo hacer arreglos con él para la ceremonia en el Salón la próxima vez que esté en Vernon?"

Trace tomó la mano de Dolly. "Eso suena bien para nosotros".

Vivian sonrió mientras sostenía el paquete. "Vamos a probarnos esto", dijo con una risita de niña y tomó la mano de Dolly para llevarla al apartamento.

Viajaron a casa esa tarde con los materiales del vestido de novia de Dolly y la promesa de Vivian de enviar a su hijo a la cabaña con la noticia de la próxima fecha en que el reverendo estaría en la ciudad, junto con los materiales de construcción que Trace había pedido.

Cuando se iban, Vivian tomó a Dolly del brazo. "Gracias por enviar ese carruaje... eh ... de esas pobres mujeres a mi camino".

Dolly se había preguntado si Vivian mencionaría el carruaje lleno de mujeres desnudas. "Espero que no hayan sido un problema, señora".

Vivian puso los ojos en blanco y susurró: "Maldita sea, casi se me llevaron todo listo para usar, ropa de mujer, mantas y una buena parte de los alimentos que tenía en la tienda". Ella arqueó una ceja. "Me preocupaba que algunas no pudieran pagar, pero esa chica con tu ropa tenía un saco lleno de monedas y eso hizo mi mes".

"¿Dijeron adónde iban?" Preguntó Dolly mientras Trace ataba sus paquetes a los caballos.

"Creo que dos de ellas tomaron habitaciones en el salón", dijo, "y la chica con tu ropa dijo que iba a llevar el carruaje a Show Low con la esperanza de venderlo por dinero para enviarlo a Butterfields".

"Eso es bueno", dijo Dolly. "Me alegro de que no hayan sido un problema para ti".

Vivian sonrió. "Puedes enviar problemas como ese a mi

puerta cualquier día", dijo, palmeando su caja de efectivo.

Mientras regresaban a casa, Trace le dio algunas noticias. "Le envié un telegrama a Herman Evans en el banco mientras tú y Vivian se arreglaban".

"¿Y?" dijo, ajustando su trasero adolorido en la silla. No había tenido la oportunidad de hacer una nueva falda dividida todavía y sus muslos desnudos comenzaban a arder.

"Vendió la casa", le dijo Trace con una sonrisa triste. "Le dije que transfiriera los fondos de la venta al banco en Show Low, donde tengo una cuenta ".

"¿Cuánto ganó por ella?"

Trace sonrió. "Trescientos", dijo, "porque dejé tantos muebles en él".

"Pareces un poco triste por eso".

"Es difícil pensar en que alguien más esté durmiendo en mi cama y la de Lucy",

"Pudiste haberla traído para que tú y yo durmiéramos", dijo Dolly con una sonrisa tímida.

Trace puso los ojos en blanco. "Creo que hubiera sido más difícil". Él le sonrió mientras acariciaba el cuello de su caballo. De todos modos, no creo que los pobres caballos pudieran haber subido más peso a la montaña. Esa carreta estaba cargada ".

"Y no sé dónde habríamos puesto otra cama", dijo Dolly con una risita.

Cuando llegaron a casa, encontraron que la cabaña prácticamente había duplicado su tamaño. Fredrick y su yerno habían cerrado completamente la nueva área de la tienda, así como el espacio para el nuevo dormitorio. En el interior, quitaron la ventana a los pies de la cama y cortaron una puerta en el dormitorio y perforaron agujeros en la pared de troncos para comenzar a cortar una puerta en el área de la tienda.

Dolly se asomó al espacio oscuro que era el dormitorio y suspiró. "Esto es enorme. Habrá mucho espacio para la cama, el armario y el lavabo aquí ".

Trace la besó en la mejilla. "¿Y tal vez una cuna algún día?"

Dolly sintió que se le ruborizaban las mejillas. "Tal vez."

Dolly sabía que Trace quería un hijo y ella también, pero el recuerdo de la muerte de Lucy en el parto la preocupaba. Dolly era más grande que Lucy, pero había conocido mujeres de su tamaño y más grandes que habían muerto al dar a luz. La muerte en el parto era un miedo común entre las mujeres, pero conocía a más mujeres que lo habían superado y sobrevivido. Muchos lo habían pasado varias veces.

Dolly retrocedió hacia la luz y sonrió. "Te daré tantos hijos como pueda".

La besó en la mejilla. "Estoy deseando que lleguen todos los intentos".

Ella le dio una palmada en el hombro juguetonamente y fue a la estufa para freír algunas de las salchichas picantes y papas de Fredrick con cebolla picada para la cena. Mientras se cocinaban las patatas, calentó un poco de pan de maíz.

"Realmente eres asombrosa, Dolly", dijo Trace mientras se sentaba a la comida que Dolly preparó y sirvió en la vajilla que había traído de Concho.

El aparador de porcelana estaba ahora apoyado contra la pared entre la estufa y la cama. Dolly tenía la intención de trasladarlo al lugar donde ahora estaba la cama después de que el dormitorio estuviera terminado. Miró alrededor de la cabaña. Todo sería tan diferente en cuestión de semanas. La cabaña de caza de Trace sería una casa, esa casa sería su hogar y Dolly sería una mujer casada.

"Gracias, Trace", dijo, "por todo".

21

Al día siguiente llegó más lluvia, lo que paralizó las actividades al aire libre.

Trace, con la ayuda de Dolly, logró colocar la mesa grande dentro de la nueva área de la tienda y comenzó a cortar la tela para su vestido de novia. Ajustó las piezas del patrón que había hecho para el vestido de Vivian para que le quedara bien. Dolly había cortado todas las piezas en poco más de una hora mientras Trace cortaba los troncos y buscaba la nueva puerta de la casa.

Aunque el vestido era una prioridad, Dolly no podía ignorar sus tareas domésticas y, antes de que empezara a llover con demasiada fuerza, alimentó a las gallinas y eligió una canasta llena de frijoles para enlatar. Se sentó en la silla del porche para romper las judías verdes y crujientes mientras la lluvia caía a través de las ramas, llenando el aire con el aroma fresco y limpio del pino. Dolly estaba ansiosa por decorar la casa para Navidad y esperaba estar embarazada para entonces, aunque solo serían unos meses después de su boda.

Esa noche, una docena de frascos de un cuarto de galón

de judías verdes estaban en el mostrador, listos para colocarlos en los estantes del sótano. Verlos le dio a Dolly una orgullosa sensación de logro, al igual que la cena que preparó con chuletas de cerdo, judías verdes condimentadas con tocino y galletas recién horneadas.

Trace había cortado los troncos de un lado de la abertura y llegó a la mesa exhausto.

"¿Quién hubiera pensado que cortar una puerta de un metro sería tan difícil?", Dijo trabajando la tensión de su hombro. "Voy a necesitar un poco de linimento para caballos antes de irme a la cama esta noche".

"Tengo un poco de crema que Helga hizo que jura que es buena para los dolores musculares". Dolly sonrió. "Y está hecho para humanos, no para caballos".

"Me han dicho que soy tan grande como un caballo", dijo Trace, mientras mordía una chuleta de cerdo, "así que creo que la medicina para caballos funcionaría igual de bien en mí".

Dolly se rio mientras llenaba su plato. "Bueno, probemos la medicina hecha para humanos antes de que usemos la que fue hecha para los caballos".

"Entonces se lo dejo a usted, Sra. Anderson". Echó un vistazo a los frascos sobre el mostrador. "Serán buenos para comer este invierno".

"Voy a dejar que los frijoles se sequen", dijo, "y los pelaré".

"Los frijoles hervidos con jamón serán una excelente comida junto con tu pan de maíz dulce".

"No queda mucho de ese cerdo ahí afuera", dijo Dolly y levantó una chuleta.

"Fredrick matará un novillo la semana que viene y nos traerá la mitad para el ahumadero", dijo Trace con una sonrisa. "¿Cómo suenan las carnes asadas y los filetes para variar?"

"Cuando las zanahorias estén lo suficientemente grandes para tirar, quiero una olla grande de estofado de carne", dijo Dolly con un suspiro.

Después de lavar los platos, Dolly fue hacia Trace, donde se tumbó en su jergón en el suelo de la sala y se frotó los hombros desnudos con la crema aromática que Helga le había dado. Suspiró cuando los ingredientes mentolados comenzaron a calentar sus músculos doloridos. Dolly sintió una emoción correr por su cuerpo mientras pasaba sus manos sobre los músculos duros y ondulantes de Trace, presionándolos y amasándolos con más fuerza cuando gimió de placer.

No podía esperar para ser la esposa de este hombre y tenerlo acostado a su lado por la noche y ... Dolly cerró los ojos con fuerza. Todavía no sabía si iba a poder soportar que la tocara en lugares íntimos tras el ataque del irlandés. Todavía tenía pesadillas sobre la polla de Davis metida en su boca y el dolor punzante del sheriff en su trasero. ¿Trace querría hacerle esas cosas? Dolly no sabía si podría soportarlo.

Se acercaba el día de la boda y los nervios de Dolly habían comenzado a desgastarse. Terminó el vestido en una semana e incluso le hizo a Trace una camisa con la suave tela verde con la que había hecho el delantal. El verde lavanda acentuaba maravillosamente y estaba ansiosa por usar su creación para que todos la vieran.

Dolly necesitaba salir al aire libre lejos de la pequeña cabaña y del martilleo de las tejas de cedro que se colocaban en el techo, por lo que tomó su canasta y se dirigió a la parcela de moras donde había visto bayas maduras y gordas el otro día. cuando se había aventurado a bajar al arroyo en busca de verduras frescas.

El sol brillaba en el cielo azul claro y Dolly se alegró por su sombrero. No quería aparecer en su boda con la nariz quemada por el sol. Un arrendajo azul chilló a Dolly cuando pasó por debajo de su nido. Se dirigió al parche de cañas espinosas y comenzó a llenar su canasta. Incapaz de resistirse, Dolly se metió una dulce y gorda baya en la boca y masticó. Suspiró con deleite cuando el jugo llenó su boca y juró hacer algo de beber para Trace esta noche.

Mientras Dolly se abría camino a través del terreno espinoso, oyó el siniestro traqueteo de una serpiente y se detuvo. Sin duda, recibir una mordedura de serpiente retrasaría la boda. Agarrando la canasta casi llena contra su pecho y con el corazón latiendo con fuerza en su pecho, Dolly salió retrocediendo del parche de bayas por el camino por el que había venido y se apresuró a regresar a la cabaña.

"¿Dónde has estado?" Trace la llamó desde el techo del porche trasero que había agregado entre el dormitorio y las adiciones de la tienda. Es donde ella lavaría ahora.

Dolly levantó la cesta. "Recogiendo bayas para la bebida".

Trace sonrió y se palmeó el vientre. "Eres demasiado buena conmigo, mujer".

Dolly notó que las cajas entregadas por la Mercantil de Sanders Trace le habían dicho que eran regalos de boda y no podían abrirse hasta que regresaran. "Y eres demasiado bueno conmigo, mi amor", respondió y entró en la tienda vacía y luego en la casa.

Los aromas de tocino frito y café se quedaron en el desayuno mientras Dolly arrojaba su canasta de bayas en la tina para limpiar y cortar. Mientras se remojaban, Dolly cortó la mantequilla en un tazón de harina para hacer una masa para la corteza de hojuelas. Con más bayas de las que cabía en su molde de pastel, Dolly extendió la masa y la presionó en una sartén profunda, vertió las bayas frescas, las cubrió con azúcar, un poco de mantequilla y luego lo cubrió todo con la otra masa y pellizcó los bordes para unirlos. Dolly cepilló la parte superior con un huevo batido y espolvoreó la corteza sin hornear con un poco de azúcar antes de deslizar la sartén pesada en el horno.

El resto de la tarde que Dolly pasó preparando la cena de Trace de fritos pollo. Había sacrificado a uno de los gallos jóvenes esa mañana. Dolly lo había desplumado, destripado y ahora cortado en pedazos el ave para enharinarla y freírla. Puré de papas tiernas, guisantes en las vainas, salsa y galletas completaron la comida.

Dolly llamó a Trace a cenar y miró alrededor de la cabaña. Olía a pollo frito y pastel y Dolly sabía que iba a ser feliz aquí, más feliz de lo que jamás había soñado que podría ser cuando había vivido con Martin y más feliz de lo que jamás había imaginado que sería después de ese horrible día en su habitación con Davis. Davis la había convertido en una puta ese día, pero Trace todavía quería convertirla en su esposa.

Lágrimas de gratitud, amor y alegría picaron en sus ojos cuando Trace entró por la puerta y Dolly se arrojó a sus brazos. "Te amo, Trace", dijo Dolly en su pecho ancho y sudoroso, conteniendo las lágrimas.

"Yo también te amo, nena", dijo y le besó la parte superior de la cabeza, "pero comamos. Me muero de hambre. Mi estómago cree que me han cortado la garganta ".

Dolly sonrió mientras veía a su hombre acercarse a la mesa. Sí, ella iba a ser muy feliz aquí como la Sra. Dolly Anderson.

En la mañana de la boda, Dolly se lavó el cabello y se lo

peinó para secarlo camino a Vernon. Estaban tomando la carreta, así que Dolly se vistió con el vestido verde de percal en lugar de una falda de montar. Su vestido de novia fue cuidadosamente doblado y envuelto en papel para el viaje. Se lo pondría en donde Vivian y luego caminaría hasta el Ayuntamiento. Fredrick había accedido a acompañarla por el pasillo y estar con Trace como su padrino. Vivian estaría con Dolly como su dama de honor.

"Está bien", dijo Vivian con un puchero mientras miraba a Dolly con su vestido de novia, "ahora tengo envidia. Este vestido es mucho más bonito que el mío ".

Dolly miró su reflejo en el espejo. el vestido lavanda estaba adornado con una cinta verde menta a lo largo del encaje en el cuello y las mangas tres cuartos, mientras que el delantal verde menta estaba adornada con una cinta lavanda por encima del encaje blanco con volantes con el que lo había adornado. Se sentía como una princesa en un libro de cuentos mientras giraba frente al espejo.

"Vamos a ponernos esto", dijo Vivian mientras sujetaba un velo de encaje blanco en el cabello rojo de Dolly que había sujetado magistralmente sobre la cabeza de la joven. Vivian sonrió cuando le entregó a Dolly un ramo de lirios de color púrpura pálido salpicado de ramitas de lirio de los valles blancos.

Dolly se llevó las flores a la nariz e inhaló los dulces aromas. "Gracias, Vivian. Ellas son perfectas."

"Creo que está lista para convertirse en la Sra. Anderson ante la congregación". Vivian, con el vestido que Dolly le había hecho, pasó su brazo por el de Dolly y la acompañó desde el apartamento hasta la tienda.

En la puerta del Hall, Vivian le dio el brazo de Dolly a Fredrick y con su propio ramo en la mano le indicó a la pianista que comenzara a tocar la Marcha Nupcial. Ante los oow y ahhs de la gente reunida en la sala, Fredrick acompañó a Dolly por el pasillo hasta pararse junto a Trace, que vestía un traje negro y la camisa verde suave que le había hecho. Dolly nunca había visto un hombre tan guapo.

Trace acababa de deslizar un estrecho aro de oro en su dedo y el ministro los presentó como el Sr. y la Sra. Trace Anderson cuando la puerta del Salón se abrió de golpe. "Es hora de volver a casa a la que perteneces, Dolly Stroud", gritó su hermano Martin y, por su dificultad para hablar, Dolly se dio cuenta de que había estado bebiendo mucho.

Se tambaleó por el pasillo con su traje sucio y su bombín abollado y agarró a Dolly del brazo lejos de Trace. "Vamos Dolly", exigió mientras tiraba de su brazo. "Es hora de que dejes de jugar a la puta en la cama de este bastardo ladrón y vuelvas a casa conmigo". Martin se rio. "La casa necesita limpieza y debería darte una paliza por dejarme como lo hiciste para prostituirte con él".

La boca de Dolly se abrió y sus mejillas se pusieron escarlatas cuando escuchó los murmullos de la multitud. Trace se adelantó y empujó a Martin. "¿A quién diablos llamas ladrón, Martin?" Trace frunció el ceño a su nuevo cuñado.

"Te estoy llamando ladrón, Anderson, porque robaste a mi hermana sin pagar el precio por su mano". Martin señaló con el dedo a Trace "Y la has convertido en tu maldita puta".

Trace echó el brazo hacia atrás y le dio un puñetazo en la boca a Martin. "Me acabo de casar con ella, Martin", siseó Trace. "Dolly es mi esposa ahora y ya no es tu sirvienta personal para darle órdenes y golpearla como un maldito perro".

Martin se puso de pie y señaló con el dedo a Trace. "Ella es de mi propiedad, Anderson, para hacer con ella lo que me plazca hasta que hayas pagado el precio de su mano de cien dólares"

Dolly pasó furiosa al lado de la multitud en la boda que estaban con los ojos muy abiertos con la boca abierta y abofeteó la mejilla sin afeitar de su hermano. "Ya te han pagado Martin", dijo con una voz que solo él podía oír, "y yo no soy propiedad de nadie, ni tuya, ni de él, y ciertamente no de un hombre llamado Davis. ¡Vete fuera ahora!" Dolly gritó. "No fuiste invitado, Martin, y no te quieren aquí".

Trace tomó el brazo de Dolly en el suyo mientras le sonreía al lamentable Martin Stroud, quien finalmente había sido puesto en su lugar por su hermana. "Escuchaste a mi esposa, Martin", gritó Trace ante la multitud asombrada. "Lárgate antes de que te patee tu culo de borracho".

"Necesito que vuelvas a casa, Dolly", murmuró Martin mientras se tambaleaba por el pasillo hacia la puerta. "Me debes una, perra", dijo, volviéndose para hacer un último insulto antes de que Trace diera un paso hacia él y huyera.

Trace volvió a tomar la mano de Dolly. "Lamentamos la interrupción, amigos", dijo con una sonrisa, "pero ya saben cómo pueden ser los familiares".

La multitud se rio y el reverendo carraspeó para llamar la atención. "¿Le importaría besar a su novia, señor Anderson?"

Trace sonrió a Dolly, se levantó el velo y miró fijamente sus brillantes ojos azules. "De hecho lo hare".

EPÍLOGO

La navidad llegó a la montaña con nieve.
Dolly había decorado la casa con ramas de pino, piñas y cintas de terciopelo rojo. No tenía chimenea, pero Trace había dividido el salón y la cocina con una pared y le había construido un estante resistente con forma de manto del que Dolly colgaba las medias. Ella decoró un pequeño árbol en la esquina con galletas heladas, bastones de menta que Helga le había hecho y guirnaldas de la cinta roja. En la parte superior, Trace coronó el árbol con una estrella que había cortado de una pieza de metal brillante. Dolly pensó que no podría haber sido más perfecto.

Compartieron una cena navideña de ganso asado y relleno, ñame horneado, un pan noruego relleno de frutas confitadas y nueces, y un rico pudín de ciruelas con Fredrick y Helga en su casa de campo. Dolly contribuyó con judías verdes y un pastel de moras / frambuesas cubierto con crema azucarada batida. Intercambiaron regalos de productos hechos a mano y brindaron con tazas de rico ponche de huevo, algo que Dolly nunca había probado.

Al terminar y abastecer su tienda con cuero crudo, Trace

se puso a trabajar y suministró a la mercantil en Vernon todo tipo de artículos de cuero. A través del yerno de Fredrick, había hecho conexiones con leñadores y tenía pedidos de varios arneses y correas personalizados para trepar y cortar extremidades en el dosel alto.

La popularidad del vestido de Vivian y el vestido de novia de Dolly atrajo a las nuevas novias y tuvo una serie de pedidos de mujeres de la montaña. Sus rollos de tela ocupaban casi tanto espacio en los estantes de la tienda como el cuero de Trace. Tenía los dedos en carne viva por toda la costura que había hecho para terminar los pedidos de Navidad. Vivian también había ampliado su sección de listo para usar en la mercantil y convirtió a Dolly en su proveedora. Trace y Dolly eran miembros activos de la comunidad y se consideraban pilares del negocio.

Se sentaron uno al lado del otro en el sofá del salón bebiendo café después de su día con Fredrick y Helga. "Tengo un regalo para tí, Sra. Anderson", dijo Trace y se levantó de un salto para salir corriendo a la tienda. Regresó con algo sobre un pedestal de hierro negro. "¿Dónde crees que deberíamos poner esto?" preguntó, mientras le quitaba la tela.

La boca de Dolly se abrió mientras miraba la máquina de coser. Era una que le había señalado a Trace en una de sus publicaciones periódicas y le había mencionado lo útil que sería.

"Oh, Dios mío", dijo con la mano en la boca. "¿Cuándo recibiste esto?"

Él sonrió. "Lo compré en Show Low mientras estabas haciendo tus entregas la semana pasada".

Trace había hecho todo lo que podía pensar para facilitarle la vida a Dolly. Los regalos de boda que le había regalado habían sido tinas con escurridores como el que había comprado en Concho y una silla con inodoro tapizada para el dormitorio, por lo que ya no necesitaba agacharse sobre un orinal.

Dolly envolvió sus brazos alrededor del cuello de su esposo y lo besó. "Yo también tengo algo para ti", dijo, con una sonrisa traviesa.

"¿Bien, ¿qué es esto?" preguntó, cuando ella no se alejó.

"No he necesitado mis influencias desde el mes en que nos casamos", dijo Dolly.

Después de esperar unos minutos para que él razonara lo que estaba diciendo su esposa, los ojos color avellana de Trace se abrieron como platos "Quieres decir que estás ..."

Dolly sonrió y se llevó la mano al abdomen. "Según mis cálculos, sobre la época de la siembra esta primavera, entregaré mi propia cosecha".

Trace tomó a Dolly en sus brazos y la hizo girar con un fuerte grito. Echó un vistazo a la nueva máquina de coser. "Supongo que esa cosa realmente va a ser útil ahora con todas las cosas para bebés que vas a necesitar hacer".

Dolly puso los ojos en blanco. "Y ropa de maternidad".

Se besaron de nuevo antes de regresar a sus asientos en el sofá. "Feliz Navidad, Sr. Anderson", le susurró Dolly al oído.

Ciertamente lo ha sido, señora Anderson. No podrías haberme dado un mejor regalo ".

Querido lector,

Esperamos que haya disfrutado leyendo Dolly. Tómate un momento para dejar una reseña, aunque sea breve. Tu opinión es importante para nosotros.

Descubre más libros de Lori Beasley Bradley en
https://www.nextchapter.pub/authors/lori-beasley-bradley

¿Quieres saber cuándo uno de nuestros libros es gratuito o con descuento?

Únete al boletín en
http://eepurl.com/bqqB3H

Atentamente,
Lori Beasley Bradley y el equipo de Next Chapter

AGRADECIMIENTOS

Me gustaría agradecerle por leer a Dolly. Si le gustó el libro, vaya a Amazon.com, deje una reseña y dígame qué le gustó de él. Si no le gustó, vaya allí y dígame por qué no le gustó y cómo puedo mejorar.

Gracias a mi editor de contenido Daniel Holmes. Siempre me das una gran crítica constructiva y te lo agradezco.

Gracias a Angela Rydell por su valiosa ayuda con este manuscrito.

Lightning Source UK Ltd.
Milton Keynes UK
UKHW050746240521
384163UK00016B/403